Illisibilité partielle

Début d'une série de documents
en couleur

ALABLE POUR TOUT OU PARTIE

U DOCUMENT REPRODUIT

COUVERTURES SUPERIEURE ET INFERIEURE D'IMPRIMEUR

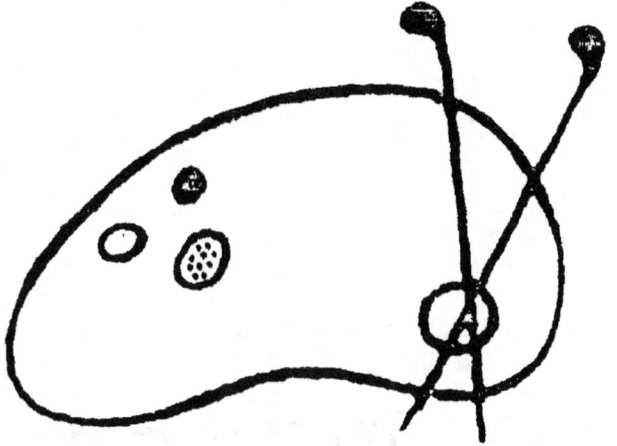

Fin d'une série de documents
en couleur

LE PATER

DE FÉNELON

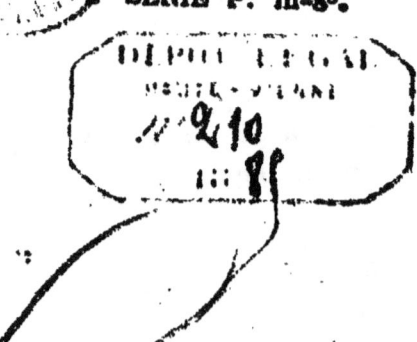

2ᵉ SÉRIE P. in-8°.

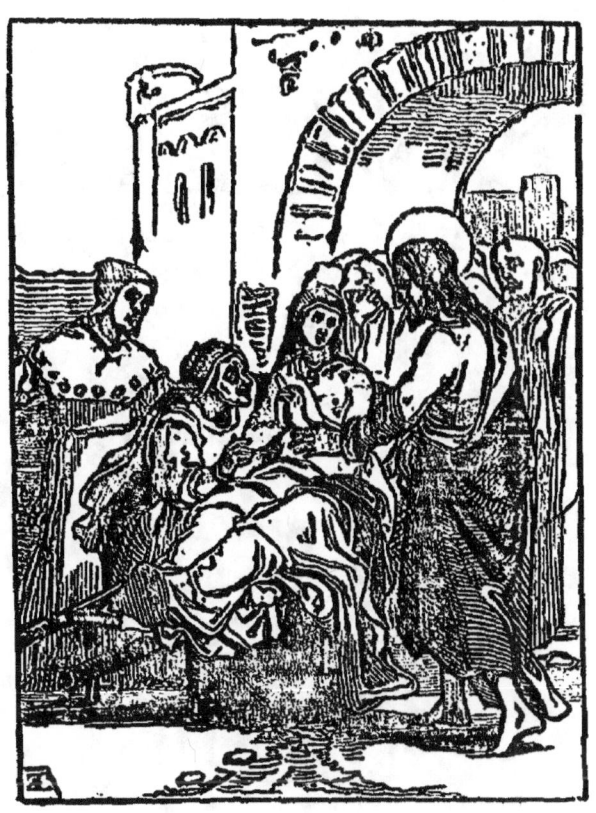

Qu'un miracle le ressuscite, comme un miracle rendit son fils à la veuve de Naïm

(P. 65.)

LE PATER

DE

FÉNELON

PAR

S. HENRY BERTHOUD.

LIMOGES

IMPRIMERIE EUGÈNE ARDANT ET Cⁱᵉ

ÉDITEURS

LE PATER

DE FÉNELON.

INTRODUCTION.

Le temps, les progrès de l'industrie et la fa-
cilité des rapports effacent, chaque jour, le
peu de physionomie particulière qui reste encore à la vie de province. Bientôt cette grande
et noble figure disparaîtra tout-à-fait sous un
aspect banal pour toute la France. Il en sera
des habitudes provinciales comme des costumes dont l'originalité pittoresque devient de
plus en plus rare, et qui cède la place, même
dans les villages les plus reculés, à nos habits
mesquins, sans grâce et sans dignité.

Mais ce n'est là qu'une perte pour l'art et
pour les artistes, tandis que la transformation
des habitudes de la province exerce par mal-

heur une influence directe sur la morale et sur le bonheur d'une partie du pays. Où trouver maintenant, par exemple, les grandes familles qui vivaient dans leurs terres, exerçaient une sorte de royauté bienfaisante sur tout ce qui les entourait, et préféraient une existence pieuse et utile, loin de Paris, à l'éclat et aux plaisirs qui les attendaient à la cour? Protéger les vassaux et les fermiers, les aider dans les années de mauvaise récolte, soigner leurs pères et leurs femmes malades, faire donner aux enfants une instruction élémentaire qui les instruisait de ce que l'on doit à Dieu et aux hommes, qui n'allumait pas en eux une funeste ambition par la fausse clarté de lumières menteuses : voilà quelles étaient les occupations des grandes familles nobles! voilà les devoirs qu'accomplissait, en chrétien, vers l'année 1658, M. le marquis de Salignac de La Motte de Fénelon!

Il habitait, dans le Périgord, le château qui porte son nom. Chacun, autour de lui, le bénissait pour le bien qu'il ne cessait de faire avec une charité à la fois éclairée et infatigable. On le rencontrait sans cesse, allant de chaumière en chaumière pour consoler les laboureurs que la grêle avait ruinés, les fermiers dont la maladie suspendait les travaux, enfin tous ceux qui souffraient et qui avaient besoin d'aide. Quand on souffrait, quand on était malheureux, après Dieu et la sainte Vierge on espérait en M. le marquis de Fénelon. Les traits que l'on racontait de son inépuisable charité étaient aussi nombreux que touchants. Un jour, par exemple, il apprend que le fils d'une pauvre ménagère dont le mari venait de mourir s'était mis en route pour venir retrouver sa mère, la consoler, et travailler afin de la faire vivre. Le chagrin qu'il éprouvait de la perte de son père et les fatigues d'une marche pénible, entreprise par une chaleur extrême, l'avaient fait tomber malade, à huit ou dix lieues du village. Le marquis fit atteler aussitôt son carrosse, et se rendit au lieu où gisait, sur un peu de paille, le pauvre garçon, abandonné comme on l'est quand on se trouve sans ressources. Non-seulement le digne seigneur lui fit donner les se-

cours nécessaires, mais encore il descendit de
voiture, voulut qu'on y mît le malade à la
place qu'il occupait naguère lui-même, et s'en
revint à franc étrier, comptant pour rien la
pluie qui tombait par torrents, le mauvais état
des chemins et les fatigues d'une longue
course au mois d'août. La vieille non-seulement revit son fils, mais encore elle reçut d'a-
bondants secours jusqu'au moment où le blessé
put reprendre son travail et suffire à ses be-
soins et à ceux de sa mère.

Pierre Huard se montra reconnaissant et digne de ce que le seigneur de Fénelon avait
fait pour lui. Son respect pour sa mère, la régularité de sa conduite, le zèle qu'il mettait à
remplir ses devoirs, sa piété fervente et mo-
deste lui valurent la faveur et l'affection de
celui auquel il devait tant déjà. Bientôt, une
honnête aisance récompensa la régularité de
sa vie laborieuse; il fit quitter à sa mère la
pauvre cabane qu'elle habitait, pour la loger
dans une petite maison riante et commode,
où le bien-être et la satisfaction entrèrent avec
les deux heureux paysans. Il fallait voir la

mère de Pierre, assise sur le seuil de sa porte,
vêtue d'habits d'une propreté rare, et filant
sa quenouille avec une gaîté qui donnait à
son grand âge et à son aspect vénérable quelque chose dont on se sentait le cœur réjoui.
Pierre était toujours là, derrière, travaillant à
son métier de tisserand, et chantant des chan-
sons pieuses qui convenaient merveilleusement à sa voix mélodieuse et pure. Aussi
M. le marquis de Fénelon ne passait-il jamais
devant la porte de la petite maison sans y entrer et sans s'y reposer un moment. Il avait
toujours quelque bonne parole pour la mère de
Pierre, et il restait quelquefois des heures en-
tières à causer familièrement avec ce dernier,
car Pierre était un homme de bon sens et d'intelligence éclairée.

Au bout de deux ans, Pierre vint trouver
au château le marquis de Fénelon et lui demanda la permission de se marier.

— Le grand âge de ma mère, dit-il, réclame
des soins que, malgré toute la tendresse que je
porte à la digne femme, mes mains rudes et
habituées au travail ne peuvent lui rendre. Il

me faut donc quelqu'un de sûr et de dévoué
pour veiller sur elle, pour lui donner le bras
quand elle veut sortir, pour la remplacer dans
les travaux de ménage qui deviennent au-dessus de ses forces. Un enfant, une fille seule
peut se dévouer à tout cela; il faut donc que
e me marie. D'ailleurs, je suis assez dans l'aisance pour désirer une compagne et pour sentir mon cœur battre de joie à l'idée de faire
bientôt sauter sur mes genoux un petit garçon qui me répondra en bégayant ce nom si
doux à entendre : « Père! » Voilà, Monseigneur, pourquoi je viens vous demander la
permission de me marier.

— Je te la donne volontiers, Pierre, car,
j'en suis sûr, tu choisiras, si tu ne l'as déjà
fait, une femme digne de toi.

— Dame! j'y ai déjà pensé, comme vous le
dites, Monseigneur. C'est une jeune fille qui
s'est trouvée longtemps à peu près dans la
même position que moi, c'est-à-dire seule avec
un vieux père infirme, qu'elle a soigné comme
je voudrais la voir soigner ma mère. Le pauvre vieux est mort, et Catherine reste seule;

elle refuse de se marier, quoique tous les jeunes gens la désirent pour femme. Elle est aussi jolie que bonne, d'une conduite exemplaire et d'une piété que l'on ne se lasse pas d'admirer.

— Et elle te préfère à tous les autres prétendants?

— Je ne le crois pas, Monseigneur! Jeanne est trop sage et d'un caractère trop solide et trop raisonnable pour se déterminer par un caprice, dans une circonstance si grave pour elle. Ce qui la décidera, ce sera un bon conseil. Voilà pourquoi je viens vous prier de vous intéresser près d'elle en ma faveur. Un mot de vous ferait tomber sa main dans la mienne.

M. le marquis de Fénelon savait combien Jeanne était digne de Pierre. Il se rendit à l'instant chez la jeune fille, qui s'empressa d'accepter le fiancé que lui présentait le bon seigneur.

A quelques jours de là, on fit la noce, et ce fut le marquis de Fénelon qui donna la dot et le trousseau. Il daigna même honorer de sa présence le banquet nuptial, disant que l'on ne pouvait témoigner assez d'estime à ceux qui donnaient, comme Pierre et Jeanne, l'exemple d'une conduite laborieuse et honnête. Je vous laisse à penser la joie de la vieille mère de Pierre, lorsqu'elle entendit ces paroles et lorsqu'elle descendit de l'église, appuyée sur le bras du marquis de Fénelon, qui ne voulut point laisser à un autre le soin de soutenir la doyenne de toutes les vieilles femmes du marquisat !

Dieu bénit pendant les premières années le mariage de Jeanne et de Pierre. Ensuite il plut à ses volontés mystérieuses de les frapper tous deux d'épreuves sévères, qu'ils supportèrent avec la résignation de véritables chrétiens. Ce fut d'abord la perte de leur vieille mère, qui s'éteignit doucement et rendit son âme au Créateur, en le bénissant de lui avoir donné, pour adoucir ses derniers jours, un fils et une bru dignes de sa tendresse.

Ensuite arriva une longue maladie de Jeanne, épuisée par les veilles qu'elle avait passées au chevet de sa belle-mère. Après 'avoir causé de vives inquiétudes à son mari, elle entra enfin en pleine convalescence. Le bonheur et le calme semblèrent de nouveau revenir près des deux époux, qui oubliaient les chagrins du passé en carossant leur petit garçon; l'enfant savait déjà tendre les bras à son père et bégayer le nom de sa mère.

Un jour, le tisserand, qui ne résistait pas sans efforts au désir de quitter son ouvrage pour aller prendre son fils et le bercer sur ses genoux, entendit au loin le bruit de la voiture du marquis de Fénelon. Ce fut une assez bonne excuse à ses propres yeux pour céder au désir qui le tourmentait; il prit donc l'enfant et alla au-devant du seigneur. Il portait son petit garçon sur un bras, et sa femme s'appuyait sur l'autre. Jugez de sa terreur quand il vit les chevaux s'emporter et entraîner le carrosse vers un précipice où M. de Fénelon aurait infailliblemsnt péri. Aussitôt il rend l'enfant à sa mère, s'élance, se précipite au milieu des chevaux, les arrête, sauve le marquis, mais reçoit, victime de son dévouement, un coup de l'essieu dans la poitrine.

M. de Fénelon, les yeux pleins de larmes, aida lui-même à transporter au château son sauveur, qui le remercia du regard et qui s'applaudit d'avoir sacrifié sa vie pour le maître dont il avait reçu tant de fois les bienfaits.

Le médecin appelé déclara qu'il ne restait aucune chance de salut pour Pierre; ce dernier demanda aussitôt un prêtre et remplit ses devoirs de chrétien avec une ferveur exemplaire. Quand il eut fini de se réconcilier avec Dieu et que le prêtre eut achevé son ministère de paix et de charité, en répétant les paroles du pardon et de l'espérance au chevet du mourant, Pierre fit signe de s'approcher à sa femme et au marquis de Fénelon. Ce dernier n'avait point voulu s'éloigner du serviteur qui l'avait sauvé.

— Monseigneur, dit Pierre d'une voix entrecoupée par la souffrance, je vais aller rejoindre ma mère dans le ciel, car, je l'espère, Dieu me jugera non d'après ma propre faiblesse, mais d'après les mérites de Jésus-Christ et par le sang que le divin Sauveur a répandu sur la croix pour la rédemption des

péchés des hommes et pour le salut de ceux
qui tendent vers le ciel des mains suppliantes.
Ce n'est donc pas sur moi qu'il faut pleurer,
c'est sur ceux qui restent! c'est sur cette pauvre veuve! c'est sur ce pauvre orphelin! Sans
la pensée que je les laisse sous votre protec-
sion, Monseigneur, mes derniers moments seraient troublés par de cruelles inquiétudes.
Vous êtes là, près d'eux, et je meurs tranquille...

— Pierre, répondit le marquis, le ciel m'est
témoin que je donnerais tout mon sang pour
racheter celui que vous avez répandu pour
moi! Le ciel m'est témoin que je paierais votre vie de la mienne... et pourtant, Pierre,
comme vous je suis père d'un enfant qui a
besoin de protection et de tendresse; donc, ce
que je ferais pour mon enfant, Pierre, je jure
de le faire pour le vôtre. Je serai son père; il
partagera l'éducation de mon fils, il devien-
dra son frère! Jamais, n'importe ce qu'il
fasse, et se montrât-il même indigne de son
père, de vous, mon noble Pierre, je ne l'aban-
donnerai! Jamais je ne cesserai de veiller sur

lui comme vous l'auriez fait vous-même. Votre veuve n'a plus rien à craindre du besoin, car pendant votre confession j'ai fait rédiger ce contrat de rentes, qui lui assure une existence aisée pour le reste de ses jours. Êtes-vous content, Pierre?

Pierre étendit sa main faible et tremblante pour prendre celle que lui tendait le marquis de Fénelon, et il la porta à ses lèvres.

—Soyez béni, monsieur le marquis, car vous faites plus pour ma femme et pour mon enfant que je ne le mérite. Soyez béni; je prierai Dieu pour vous dans le ciel!... Sainte Vierge, Jésus, recevez mon âme.

Il tomba sans mouvement sur son lit. Un silence morne, et qu'interrompaient seulement les sanglots étouffés de Jeanne, régna quelque temps encore dans la chambre. Le médecin interrogeait le pouls du malade. M. de Fénelon, penché, épiait avec angoisse s'il ne verrait pas reparaître quelque signe de vie sur les traits livides de son sauveur; le prêtre, agenouillé, lisait des yeux la prière des agonisants, ces belles et terribles prières que l'on

ne peut entendre sans une émotion religieuse!
Tout-à-coup, le médecin quitta le bras du cadavre, rejeta sur son visage le drap du lit et
vint se mettre à genoux à côté du prêtre.

— Partez, âme chrétienne! s'écria ce dernier en prenant un rameau de buis consacré
pour jeter quelques gouttes d'eau bénite sur
les dépouilles de l'homme de bien qui venait
de rendre son âme à Dieu. Partez, âme chrétienne!

Alors des sanglots éclatèrent de toutes
parts. Jeanne s'était jetée sur le corps de son
mari, qu'elle couvrait de baisers et qu'elle appelait comme s'il eût pu l'entendre.

— Pierre, disait-elle, Pierre, ne m'aban-
donne pas ainsi! Que veux-tu que je devienne
sans toi? Demande à Dieu qu'il m'appelle à
lui avec toi! Ne sommes-nous pas unis à jamais? Pourquoi nous séparer? Pierre, que j'en-
tende du moins encore une fois le son de ta
voix! Pierre, que ton regard s'élève encore une
fois sur Jeanne! Que je ne te sente pas ainsi
immobile et glacé dans mes bras! Pierre!
Pierre! c'est Jeanne qui t'appelle!

En vain le prêtre cherchait à la consoler et
à l'amener à plus de résignation : la voix per-
suasive de la religion ne pouvait elle-même arriver jusqu'à ce cœur déchiré et dont la blessure
saignait encore trop vivement. Il fallut donc
employer une sorte de violence charitable pour
éloigner Jeanne de cette scène de désolation :
quand plusieurs de ses amies furent parve-
nues à l'entraîner, tous les yeux étaient bai-
gnés de larmes.

Le curé profita de cette émotion pour adresser à son auditoire quelques courtes réflexions
sur la mort et sur la nécessité d'avoir toujours
la pensée de son imminence présente à l'esprit.

— Vous voyez, dit-il en terminant, avec
quelle rapidité elle nous frappe à l'improviste.
Tâchons donc qu'elle nous trouve prêts à paraître devant le souverain juge! Tâchons donc
d'avoir, pour nous présenter à ses pieds quand
sonnera l'heure du jugement, de nombreuses
bonnes actions à défaut d'un grand et sublime
dévouement, comme celui dont nous pleurons
la mort, et qui trouve déjà dans le sein de
Dieu la récompense de ses vertus.

— Amen! répondirent les assistants, qui se séparèrent en silence et s'en retournèrent emportant avec eux des pensées religieuses et mélancoliques.

Le marquis de Fénelon prit dans ses bras l'enfant de Pierre et l'amena lui-même au château, dans une grande salle où s'ébattait un petit garçon près d'une jeune femme qui le regardait en souriant. A l'arrivée du marquis, elle se leva pour venir présenter son front au baiser de son mari; la présence de l'enfant la surprit et l'arrêta.

— Oh! la belle petite créature! dit-elle.

— C'est un enfant de plus que le ciel nous envoie, Madame, dit le marquis. C'est le fils d'un homme qui vient de mourir pour moi, et sans lequel vous seriez veuve maintenant.

Alors, il fit à la marquise le récit des périls qu'il avait courus, du dévouement de Pierre et de la mort du courageux tisserand. Madame la marquise de Fénelon, qui l'avait écouté avec une émotion indicible, prit l'enfant dans ses bras, le couvrit de baisers et l'emporta dans son oratoire.

— Mère de Dieu, divine patronne des mères, dit-elle en s'agenouillant devant une
image de la sainte Vierge, recevez cet enfant
sous votre protection : je vous le consacre
comme mon propre fils. Il portera des vêtements blancs jusqu'à l'âge de sept ans. Jetez
donc sur lui des regards de miséricorde ; éten-
dez sur sa petite tête votre main pour le défendre contre les embûches du mauvais esprit.

Cette prière terminée, la marquise de Fénelon rentra dans la chambre où jouait son fils,
plus âgé d'un an que le petit Pierre.

L'enfant accourut ingénûment au-devant
du compagnon que lui présentait sa mère ; il
apporta ses jouets, les amoncela devant le
petit étranger, et quand il fut parvenu à exciter l'attention de Pierre et à lui faire partager
ses jeux :

— Comment, demanda-t-il, comment est-ce
qu'il se nomme ?

— François, appelle-le ton frère, répliqua la
marquise.

Jeanne allait, chaque jour, au château embrasser son fils. Quelque heureux qu'elle le

vît, et malgré tous les avantages que lui valait maintenant et que lui promettait pour l'a-
venir une excellente éducation sous les yeux
du marquis et de sa femme, elle se sentait
néanmoins toujours le cœur gros quand il lui
fallait se séparer du petit Pierre.

— Hélas! se disait-elle, il est heureux; mais
le suis-je, moi? Je ne puis voir mon fils à
chaque instant du jour. S'il crie, ce n'est pas
moi qui accours pour le consoler; s'il sourit,
son sourire n'est pas pour moi. Ma maison me
semble doublement déserte. Tout manque,
mon mari et mon fils!

Cependant elle avait assez de raison pour
lutter contre ces pensées et pour sacrifier sa
propre affection au bonheur de Pierre. Elle
commençait même à supporter avec moins de
douleur l'absence de l'enfant qu'elle voyait
gai, bien portant et joyeux. Elle-même se
trouvait satisfaite et consolée. D'ailleurs, on
la recevait toujours si bien au château! M. le
marquis la traitait affectueusement, comme
une amie plutôt qu'une fermière, tandis que
madame la marquise avait pour elle des pa-

roles affectueuses auxquelles on n'aurait pu résister sans manquer de cœur. Peu à peu donc elle se familiarisa avec sa nouvelle position. Aucun changement n'aurait été apporté probablement à l'état des choses établies, sans la rencontre que fit Jeanne de quelques commères jalouses du crédit dont elle jouissait au château, et promptes à jeter sur tout le venin de leur mauvaise langue.

Jeanne s'en revenait du château de Fénelon. Elle avait bien encore versé quelques larmes en se séparant de son fils; mais la tendresse maternelle, et non la douleur, les lui faisait répandre. Quelques paysannes la rencontrèrent, et, voyant ses yeux rouges, encore humides de larmes, elles commencèrent à s'apitoyer sur elle.

— Pauvre mère, lui dirent-elles, il est bien dur de vous voir ainsi séparée de votre enfant! Cela doit laisser un vide immense dans votre maison!

— D'autant plus, reprit une autre, que vous voilà pour le reste de vos jours sans enfant, comme sans mari. On va faire de votre petit

Pierre un beau monsieur qui rougira d'être le
ils d'une paysanne, et qui se gardera bien de
mettre jamais les pieds chez sa mère dès qu'il
aura l'âge de raison.

— J'aurais, à votre place, préféré qu'il fût
un paysan comme moi, ajouta une troisième,
et ne jamais m'en séparer. Enfant, je l'aurais
eu pour me tenir société, m'aimer et me consoler; plus tard, il m'eût aidée de son travail
et il m'eût soignée comme son père l'avait
fait pour la vieille Marguerite. Au lieu de cela,
quand il viendra une fois par hasard devant
votre porte, il n'osera pas entrer chez vous, de
peur de salir ses beaux habits; pour vous embrasser, il regardera autour de lui si personne
ne le voit; enfin, s'il en a de trop pour lui, il
vous enverra de l'argent et il se croira quitte
envers vous.

Jeanne souffrait de ces propos, mais elle
n'en était pas encore ébranlée dans son dessein de laisser son fils chez le marquis. Hélas!
les perfides insinuations d'une autre bavarde
la firent renoncer à laisser jouir son fils plus
longtemps de cet avantage.

— Cependant, si Jeanne a, comme on le dit,
l'intention de se remarier bientôt, elle a raison
de se séparer de son fils... car...

— Me remarier bientôt! s'écria la pauvre
femme. Oublier la mémoire de Pierre! Et qui
donc pourrait le remplacer dans mon cœur?

— Dame! je ne fais que répéter ce que chacun dit et croit dans le village. On ne peut se
figurer qu'une mère consente à se séparer de
son unique enfant si elle ne songe point à lui
donner un beau-père.

Jeanne, indignée, changea de chemin, retourna sur-le-champ au château et supplia le
marquis de lui permettre de ramener son fils
chez elle.

M. de Fénelon, après quelques sages obser-
vations, lui rendit l'enfant.

— Vous le voulez, lui dit-il; vous êtes la
maîtresse de ne point me laisser un enfant
que vous pouvez voir à toute heure du jour.
Quelque chagrin que nous cause votre résolution, je n'oublierai point pour cela le dévouement de son père et les promesses que j'ai faites sur le lit de mort de cet homme généreux.

Emmenez maintenant le petit Pierre; vous êtes mère. Cependant, comme son tuteur, dès qu'il sera plus âgé, je veux qu'il vienne chaque jour au château partager l'éducation qu'y recevra mon fils. Je ne renonce pas aux projets que j'ai formés pour lui; seulement je regrette que vous m'en rendiez l'exécution plus difficile. Dès qu'il comptera sept ans, l'enfant viendra donc ici tous les matins. Il retournera chez vous le soir.

Jeanne prit l'enfant dans ses bras et l'emporta chez elle, où elle ne cessa de le couvrir de baisers que bien avant dans la soirée. On aurait dit qu'elle le retrouvait par miracle après l'avoir cru perdu pour toujours.

Cependant quelque chose lui disait au fond du cœur qu'elle avait mal reconnu les bontés du marquis, et qu'elle s'était conduite envers lui avec ingratitude. Aussi n'osa-t-elle pas retourner au château, et laissa-t-elle écouler une semaine entière sans y conduire son fils. Au bout de ce temps, le marquis vint lui-même la trouver. Il ne lui fit aucun reproche du passé, et n'en parla même pas. Après avoir

tendrement embrassé le petit garçon, il fit
connaître à la mère les jours et les heures où
l'on devait conduire Pierre au château, et par-
tit en laissant Catherine interdite et honteuse
des bontés dont il l'avait comblée.

Le temps arriva enfin où le petit Pierre
compta sept ans. Alors il fallut se conformer
aux intentions de Monseigneur, et l'amener
chaque matin au château pour venir l'y reprendre le soir.

Une grave conversation entre le marquis et
un jeune ecclésiastique chargé de l'éducation
des deux enfants, précéda l'arrivée du nouvel
élève au château.

— Monsieur l'abbé, dit le marquis, ces
deux enfants sont appelés, par leur position
sociale, à suivre des carrières différentes. Il
faut tâcher de les rendre capables de vivre
également en chrétiens dans chacune de ces
carrières. Pendant les premiers temps, leur
éducation peut rester la même. Plus tard,
nous y apporterons, pour l'un et pour l'autre,
les modifications que l'expérience nous fera
croire les meilleures

La base de cette éducation, Monsieur,
comme je la comprends, doit être la crainte
ou plutôt l'amour de Dieu. Il faut que Dieu
soit la pensée constante de tout chrétien : il
faut que cette pensée se tienne sans cesse
présente à son esprit, qu'elle devienne le but
de toutes ses actions, et lui fasse tout faire
pour l'amour et par l'amour de Dieu. Quelle
joie plus sublime et plus pure peut-il éprouver? Où rencontrera-t-il une consolation aussi
grande dans ses douleurs? Où puisera-t-il une
force aussi efficace dans ses épreuves? Infil-
trons donc goutte à goutte cet amour dans le
cœur des enfants dont la Providence nous
confie l'éducation.

La première chose à leur enseigner, c'est
la bonté de Dieu, qui entoure de tant de bienfaits les petits enfants! Il a fait pour eux le
soleil qui brille et qui réchauffe, le ciel bleu si
doux à regarder, le feuillage qui donne de
l'ombre, le gazon qui présente un tapis frais
et doux, les fruits qui désaltèrent, le ruisseau
qui murmure et sur les bords duquel mille
fleurs se penchent avec grâce!

Puisque tout bien-être provient de Dieu, on serait ingrat de ne pas faire tous ses efforts pour être digne de Dieu et de ses dons. La base de la religion est donc la reconnaissance.

Or, monsieur l'abbé, la reconnaissance, chez les enfants, est un sentiment vif, puissant, au moyen duquel on peut opérer beaucoup de bonnes choses. L'expérience, le chagrin et les déceptions non-seulement n'ont point encore brisé les jeunes cœurs de ces petits êtres, mais ils ont respecté toute leur exquise sensibilité. Dites-leur, démontrez-leur que Dieu est souverainement bon et souverainement aimable, qu'ils lui doivent tout; ils l'aimeront, et dans leur naïve reconnaissance ils craindront de commettre des fautes qui affligeraient celui à qui l'on ne peut rien cacher.

Ne craignez pas de mettre à la portée de leur intelligence cette grande et redoutable figure de Dieu. Hommes, ils comprendront plus tard, avec l'âge, la majesté sublime du Très-Haut! Enfants, qu'ils comprennent maintenant sa bonté. Faites-vous petit pour qu'ils vous entendent mieux : employez des comparaisons tirées de leurs habitudes et de leurs idées; ayez recours aux expressions familières. Jésus-Christ lui-même n'a-t-il pas dit : *Laissez venir les tout petits enfants jusqu'à moi?* Les apôtres ne se sont-ils pas empressés de recueillir, de propager et de mettre en action ces paroles de leur divin maître?

Pour nous résumer, établissons donc sur l'amour de Dieu l'éducation entière de vos deux pupilles.

C'est pour plaire à Dieu qu'ils doivent faire le bien. C'est pour éviter de lui déplaire qu'ils doivent se garder de tout ce qui est mal. Le bien, c'est tout ce que la conscience indique devoir plaire à Dieu. Le mal, c'est tout ce que nous voudrions pouvoir cacher à Dieu, s'il était possible de lui cacher quelque chose. Plus tard, vous pourrez joindre à cette règle de conduite infaillible, et qui vient de Dieu, une maxime sur laquelle repose la sagesse des hommes : *Ne faites pas à autrui ce que vous ne voudriez pas qu'il vous fût fait.* Mais c'est là une morale égoïste et de calcul, un

retour mesquin sur soi-même, qui ne peut
être comparé à la morale épurée et divine du
christianisme : *Faites le bien pour l'amour de
Dieu. Évitez le mal pour l'amour de Dieu.*

Afin de laisser à une si admirable pensée
toute sa pureté et toute sa force, ne parlez
pas avant quelque temps des punitions et des
récompenses dispensées par Dieu aux méchants et aux bons. Réservez ce moyen pour
la première faute bien grave qu'ils commet-
tront, pour le premier véritable oubli de Dieu
auquel ils se seront laissés aller... Alors vous
pourrez prononcer les mots de Paradis et
d'Enfer; alors vous pourrez les initier aux
terribles mystères de la justice divine. Mais,
je vous le recommande encore une fois, ne le
faites qu'avec la plus extrême réserve, les
plus prudentes précautions, le plus tard possible, et seulement devant une nécessité absolue.

Un moyen à employer encore avant celui-
là, un moyen efficace et qui s'adresse également à leur cœur, c'est la dévotion à la sainte
Vierge. Ils aiment leur mère; ils compren-

dront sans peine la mission divine de la mère
de Dieu, qui se place sans cesse entre le pécheur et le juge pour intercéder le pardon de
la faiblesse et du repentir. Ils se désespère-
raient peut-être devant la juste colère d'un
Dieu offensé; la crainte de ne pas être par-
donnés les empêcherait de demander leur
pardon : sûrs d'une protectrice que rien ne
décourage et qui vient en aide sitôt qu'on
l'appelle, dès qu'ils se sentiront mécontents
d'eux-mêmes, ils tendront les mains vers
celle que l'Eglise salue des doux noms d'étoile
du matin et de consolatrice des affligés.

Le jeune abbé écoutait le marquis avec re-
cueillement.

— Oui, répliqua-t-il, monsieur le marquis,
il faut que toute sagesse vienne de Dieu;
c'est le précepte de l'Ecclésiaste! Vous venez de me faire comprendre comment ce
grand principe doit s'appliquer à l'éducation
des enfants. Je tâcherai de remplir dignement
vos vues.

L'entretien terminé, le précepteur se rendit
près des élèves, qui jouaient dans le parc.

CHAPITRE I⁰ʳ.

Notre Père, qui êtes dans les Cieux.

A la vue de l'habit ecclésiastique, les en--
fants s'arrêtèrent tout-à-coup : le jeune prêtre, loin de vouloir suspendre leurs jeux, s'y
mêla, non-seulement avec complaisance, mais
encore avec abandon. Pour les cœurs simples,
les choses simples ont un charme indicible, et
que ne trouvent point dans les plaisirs les
plus coûteux et les plus raffinés ceux qui consacrent leur vie entière à la dissipation. Donc
le jeune abbé s'amusa merveilleusement à re-
devenir petit garçon, à courir avec les enfants,
à chasser des papillons qu'il rendait à la li-
berté lorsqu'il les avait faits captifs, à cueillir
des fleurs, à rivaliser de vitesse pour atteindre
un but à la course.

Après tant de bonnes fatigues, il fallut enfin
se reposer.

— Quelle journée de plaisir! s'écria le petit Pierre.

— Jamais je ne me suis tant amusé, ajouta le jeune François.

— Et à qui devez-vous ce bonheur, mes enfants?

— A vous, qui jouez avec nous, répondit François.

— A M. le marquis, qui nous a permis de courir dans le parc.

— Sans doute! Mais qui m'a conduit vers vous? De qui M. le marquis tient-il ce parc?

Les enfants se regardèrent sans répondre.

— C'est de Dieu, mes enfants!

— De Dieu? répétèrent-ils. Qu'est-ce que Dieu, monsieur l'abbé?

— Dieu, mes enfants, c'est celui qui a créé le ciel, la terre et les hommes! C'est celui qui vous a donné une mère pour vous aimer et un père pour vous protéger!

— Dieu est donc bon? interrompit François.

— S'il est bon! mes enfants! jugez-en, puisque ses bienfaits vous entourent de toutes parts! Sans lui vous ne seriez pas au

monde! Sans lui vous ne sentiriez pas votre
cœur battre joyeusement dans votre poitrine!

— Et pourquoi nous a-t-il donné tout cela?

— Pour que vous l'aimiez.

— Mais je l'aime déjà, puisqu'il est bon et
qu'il nous donne de belles choses.

— Alors il faut lui témoigner votre affection et votre reconnaissance en le remerciant
et en le priant de vous rendre dignes de lui.

— Où donc est le bon Dieu, pour que nous
lui parlions?

— Il est partout, il vous voit sans cesse, il
entend vos moindres paroles, il lit jusque dans
vos plus secrètes pensées!

— On ne peut donc rien lui cacher?

— Rien.

— Quand on est sage, il le sait?

— Oui; il s'en réjouit et bénit l'enfant qui
lui cause cette joie.

— Et quand on n'est pas sage?

— Il s'afflige des fautes de l'ingrat qui cesse
l'être digne de lui.

— Eh bien! Pierre, nous ne ferons jamais
le chagrin au bon Dieu, n'est-ce pas?

— Oui, c'est cela ; il sera toujours content de nous.

— Il dira : Pierre et François sont des enfants sages que j'aime, et il faut que je leur donne aujourd'hui du soleil pour qu'ils puissent jouer dans le parc.

Cependant une idée semblait préoccuper le petit Pierre, qui demanda, après bien des hésitations :

— Et quand, par malheur, on n'a pas été sage?

— Alors on demande pardon à Dieu, que l'on a offensé.

— Et il pardonne toujours? toujours?

— Quand le repentir qu'on lui témoigne est sincère, et si l'on forme la ferme résolution de ne plus retomber dans la faute que l'on a commise.

— Dieu est bon! s'écria François avec effusion.

— Ne voulez-vous pas, mes enfants, le remercier de sa bonté? ne voulez-vous pas le prier?

— Oui, oui, monsieur l'abbé, tout de suite, à l'instant.

— Et comment est-ce qu'on le prie?

— On se découvre la tête, mes enfants; on se met à genoux comme je le fais; on joint les mains et l'on élève les yeux vers le ciel.

— Comme cela? comme cela? demandèrent-ils en imitant le précepteur et en s'agenouillant près de lui.

— Puis alors que fait-on?

— On se rappelle toutes les bontés dont nous a comblés Dieu; on le bénit, et l'on dit, du fond du cœur, ces premières paroles d'une prière dont je vous apprendrai le sens à mesure que vous grandirez et que votre intelligence se développera :

Notre Père, qui êtes dans les cieux...

— Notre Père, qui êtes dans les cieux, répétèrent les deux voix fraîches et pures des enfants.

François se sentait vivement ému.

— Notre père! notre père! Dieu est donc notre père?

— Il est le père de tous les hommes; il per-

mot qu'ils lui donnent ce nom, malgré toute
la distance qui les sépare de lui.

— Notre Père, qui êtes dans les cieux, s'é-
crièrent avec effusion les deux enfants.

— Mon Dieu, s'écria le jeune prêtre avec
enthousiasme et en tendant les bras vers le
ciel, mon Dieu, recevez cette première prière
de deux créatures innocentes; envoyez du
ciel un de vos anges pour les protéger contre
les tentatives du péché.

— Notre Père, qui êtes dans les cieux, firent
encore les enfants.

Alors, un homme, témoin furtif de cette
scène, quitta brusquement le buisson derrière
lequel il se tenait caché, et vint, les yeux
pleins de larmes délicieuses, couvrir les enfants de baisers. Il serra silencieusement ensuite la main de l'abbé, car tous les deux se
sentaient trop vivement émus pour pouvoir
prononcer une seule parole. Cet homme, c'é-
tait le marquis de Fénelon.

II

Que votre nom soit sanctifié.

Dès le matin, le lendemain, les enfants furent éveillés par les éclatantes splendeurs que
le soleil, à son lever, jetait sur leurs petites
couches. Pas un nuage ne voilait l'azur du
ciel ; pas un autre bruit que le chant animé
des oiseaux, semblable à une hymne de reconnaissance, ne troublait l'harmonie et le repos
de cette scène majestueuse. Aussi les enfants,
émus de la joie mystérieuse qu'inspire aux
cœurs purs et naïfs la vue des merveilles de
la nature et des bienfaits produits par la main
de Dieu, se levèrent-ils spontanément pour
s'agenouiller et pour répéter la prière qu'ils
avaient apprise la veille.

— Notre Père, qui êtes dans les cieux...

Le précepteur entrait en ce moment ; il bénit Dieu du fond de l'âme pour avoir fait fruc-

tifier dans ces jeunes cœurs la semence de piété qu'il y avait déposée la veille.

— Priez, leur dit-il, priez, enfants! Les anges unissent leurs prières à vos prières et les portent aux pieds de Dieu. Priez, vous attirerez sur vous et sur tout ce qui vous entoure les bénédictions du ciel.

En ce moment, le son lointain et pieux d'une cloche se fit entendre et se mêla doucement aux chants des oiseaux et à la plainte mélancolique des arbres agités par le vent du matin. On aurait dit que ce tintement manquait à tant de bruits mélodieux, et qu'il venait les rendre plus complets et plus religieux encore.

— Quelle est cette harmonie qui vient de se faire entendre et qui, malgré moi, emplit mes yeux de larmes? demanda le jeune François.

— Mon enfant, c'est le bruit de la cloche du presbytère; c'est une voix qui vient, pour ainsi dire, vous apprendre la seconde partie de la sainte prière que vous avez apprise hier,

et que vous répétiez ce matin lorsque je suis
entré : *Notre Père, qui êtes dans les cieux...*

— Quelle est cette seconde partie, monsieur
l'abbé, pour que nous puissions l'adresser à
Dieu?

— *Que votre nom soit sanctifié!*

— Pourquoi demander à Dieu que son nom
soit sanctifié? fit le petit François.

— Parce que le plus grand bonheur réservé
ici-bas aux hommes, mon enfant, parce que
leur seul moyen de vivre paisibles, sans remords, sans craintes et pleins d'espérance,
consiste à sanctifier le nom de Dieu. On n'ac-
complit point par des mots seulement un pareil acte de piété et de reconnaissance! Des
paroles qui tombent des lèvres ne satisfont
pas à ce besoin religieux. Non, mes enfants,
sanctifier le nom de Dieu, c'est transformer la
vie entière en une bénédiction, sans relâche,
des bienfaits de la divinité; c'est ne faire aucune action qui ne soit pure et chrétienne, et,
par conséquent, qui ne soit une preuve de reconnaissance envers Dieu. Se montrer strict
observateur des devoirs différents que notre

âge ou notre position nous impose, aller au-
devant du bien qui se présente à faire, se détourner du mal dans les piéges duquel nous
pourrions tomber, élever son âme vers Dieu
chaque fois que nous recevons un bienfait de
lui : voilà comment on sanctifie le nom du Seigneur. Alors, le cœur est léger et l'âme con-
tente ; alors, le bonheur s'accroît du contente-
ment intérieur ; la souffrance et le chagrin,
s'ils se présentent, s'émoussent contre une
conscience en repos ; on est heureux et l'on
rend heureux ceux qui nous entourent. Non-
seulement on sanctifie le nom du Seigneur,
mais on le fait sanctifier par les autres.

— Mon cher précepteur, interrompit le jeune
François, que les devoirs des hommes envers
Dieu sont faciles, puisqu'il suffit de suivre les
mouvements de son cœur !

— Oui, mon enfant, quand rien n'a encore
perverti le cœur, quand nous n'avons point,
par notre propre faute, étouffé sa voix salu-
taire, c'est un guide qui ne nous trompe point
et qui nous enseigne sûrement nos devoirs
envers le bon Dieu et nous assure le moyen

d'être heureux. Mais ne voulez-vous pas venir au presbytère avec moi, vous réunir à ceux qui sanctifient le nom du Seigneur?

— Oh! oui, bien volontiers! s'écrièrent à la fois les petits garçons.

Ils coururent aussitôt se faire habiller par les femmes chargées de ce soin. En quelques minutes ils se trouvèrent prêts, et ils sortirent, tenant chacun une des mains de l'abbé.

Lorsqu'ils entrèrent dans l'église, l'office était déjà commencé : des chants d'une noble et touchante simplicité s'élevaient au ciel, répétés par les voix unies des prêtres et des paysans. Quelques violons mêlaient leurs accords naïfs à ce concert religieux, que l'on ne pouvait entendre avec indifférence, et qui n'aurait pas laissé sans émotion l'homme le moins disposé aux sentiments chrétiens. Figurez-vous donc l'impression qu'il produisit sur les âmes tendres de Pierre et de François, introduits tout-à-coup au milieu d'une nef qu'inondaient les nuages parfumés de l'encens, et placés, pour la première fois, en face de la pompe majestueuse du catholicisme. Les

encensoirs qui s'élevaient dans les airs par
un mouvement régulier et avec un bruit ar-
gentin; les vénérables prêtres, tous courbés
par l'âge, qui célébraient devant l'autel les
mystères saints; la majesté de leurs costumes, tout semblait répéter aux oreilles des
infants ces paroles de saint Luc : *Ma maison
est une maison d'oraisons.* Aussi s'agenouillè-
rent-ils d'eux-mêmes; aussi mêlèrent-ils aux
prières de toute cette population prosternée
devant Dieu, la seule prière que sût leur mémoire et que comprît leur intelligence :

« *Notre Père, qui êtes dans les cieux, que votre nom soit sanctifié.* »

L'office terminé, ils se levèrent et suivirent
leur précepteur, qui les reconduisit au château.
Chemin faisant, ils rencontrèrent un pauvre
vieillard infirme qui se traînait avec grande
peine et qui découvrit, devant le fils du marquis de Fénelon et devant le jeune ministre
de Dieu qui l'accompagnait. son front couvert
de cheveux blancs.

— Eh bien ! père, demanda l'ecclésiastique,

vous voilà donc mieux portant aujourd'hui?
Vous pouvez sortir?

— Je tâche de me traîner jusqu'à l'église
pour y faire ma petite prière à Dieu. J'arrive-
rai quand tout sera fini ; mais dame, monsieur
l'abbé, ce n'est point ma faute. A mon âge,
)n ne fait point de ses jambes ce que l'on
reut : pour arriver le dernier à l'église, je ne
me suis pas moins mis en route le premier. Si
je n'ai pas la satisfaction et le bonheur d'assis-
ter à la sainte messe, j'aurai la consolation de
prier devant l'autel.

— Dieu n'en recevra pas votre prière avec
moins de bonté. Mais dites-moi, nous ne sommes pas bien pressés d'arriver au château ; retourner sur nos pas ne ferait que prolonger un
peu notre promenade. Veuillez prendre mon
bras jusqu'à l'église, je vous y conduirai ; cela
diminuera votre fatigue.

—Moi, dit François, je me mettrai de l'autre côté pour que le bon vieillard s'appuie sur
mon épaule.

— Et moi, dit Pierre, je porterai son bâton.
Le vieillard, confus, fit d'abord quelques

difficultés d'accepter l'offre de l'abbé; mais il se rendit bientôt à ses instances, prit le bras qu'on lui offrait, s'appuya sur l'épaule de François, et se mit à marcher presque lestement vers l'église. Pierre les précédait en tenant la béquille du vieillard, et non sans se livrer à maintes joyeuses gambades. Arrivé à l'église, le vieillard s'arrêta sur le seuil : avant de les quitter, il leur tendit les bras comme pour les bénir.

— Merci, leur dit-il; merci à vous qui honorez la vieillesse et qui venez à son aide. Merci, Dieu vous le rendra dans le ciel.

III

Que votre Royaume nous arrive.

— Dans le ciel? demanda François à son précepteur, dans le ciel? Quoi! monsieur l'abbé, nous sommes destinés à monter dans le ciel?

— Oui, mon enfant : c'est là un des plus
admirables mystères de la religion. C'est là
un des plus grands bienfaits de la miséricorde
divine. La vie que nous menons ici-bas, mes
petits amis, n'est qu'un temps d'épreuves et
de noviciat, durant lequel nous parvenons,
par nos efforts pour complaire à Dieu, à mériter
une éternité de bonheur dans le sein de ce
même Dieu. Voyez la bonté de notre père céleste! Pour prix d'une pareille récompense
qui nous associe à sa gloire, il ne nous demande que de rester purs, c'est-à-dire d'être
heureux sur la terre. Remplissez vos devoirs,
nous dit-il; appelez-moi votre père, et faites à
mon égard ce que des enfants doivent à leur
père : suivez mes ordres, agissez en tout pour
me complaire, évitez avec soin les occasions
de me désobéir et de m'offenser, épargnez-
vous les chagrins du repentir, donnez-vous
les joies qui accompagnent une conscience
sans reproche et la satisfaction de soi-même,
évitez le mal, pratiquez le bien! — En
échange, je vous appelle à moi, je vous donne
une éternité de bonheur.

— Eternité! répétèrent les enfants.

— Vous êtes encore trop jeunes, mes enfants, pour comprendre la valeur de ce mot : *éternité*. Qu'il vous suffise aujourd'hui de savoir qu'une fois avec Dieu, on ne s'en sépare jamais; les mois, les années, les siècles ne peuvent plus amener de changement dans le bonheur inaltérable dont on jouit.

François dévorait les paroles de l'abbé. Pierre, qui les comprenait peu sans doute, courait le long des buissons, tantôt arrachant une feuille, tantôt s'efforçant de saisir quelque insecte.

— Aussi, dans la prière dont vous savez déjà un peu, et que je vous apprendrai tout entière, Dieu lui-même a-t-il placé, pour la troisième demande à faire au père des hommes : *Que votre royaume nous arrive.*

Sur ces entrefaites, ils étaient entrés au château. Les enfants coururent embrasser madame de Fénelon, tandis que le marquis et l'abbé s'entretenaient ensemble.

— J'ai rempli vos intentions, Monsieur, lui dit le précepteur; je laisse tomber goutte à

goutte l'eau bienfaisante de la foi sur ces jeu
nes plantes, qui reçoivent avec bonheur la di
vine rosée. La Providence daigne me secon
der et fait naître les occasions de présentd
mes leçons comme par hasard et sans apprêt

Il raconta ensuite au marquis la rencontr
du vieillard et l'entretien qui s'en était suivi.

— Comme vous le dites, reprit M. de Fénelon, Dieu seconde nos efforts, car, en cette
circonstance, il vous a permis de donner, en
outre, un premier enseignemênt de charité;
or, la charité est le plus sûr moyen d'éveiller
la piété dans les âmes bien organisées. Le
cœur qui s'attendrit ne peut couver une
mauvaise pensée, non plus que des yeux
pleins de larmes ne peuvent jeter un regard
méchant. Je vais faire quelques dons aux enfants; tâchez qu'ils les emploient à des œuvres
de charité; tâchez qu'ils s'en dépouillent en
faveur de quelques malheureux.

Cet entretien terminé, on se mit à table.
Le repas fut gai; les enfants, contents d'eux-
mêmes, doucement excités par M. de Fénelon
et par la marquise. se livrèrent à mille repar-

ties joyeuses, auxquelles il se mêla lui-même avec une indulgente bonhomie. Quand on se fut levé de table, il emmena les deux petits garçons dans le jardin, et là il leur proposa divers exercices d'adresse dont quelques pièces de monnaie devaient être le prix. Vous sentez que les enfants acceptèrent de grand cœur et se mirent avec ardeur à franchir des barrières, à tirer à l'arquebuse, à courir au plus vite vers un but donné, et enfin à sauter à la corde. L'avantage resta presque toujours au robuste Pierre; François ne put s'empêcher d'éprouver quelque chagrin de cette constante supériorité. Le marquis lui reprocha doucement ces témoignages de jalousie.

— Tu veux donc que Dieu lise dans ton cœur une mauvaise pensée? dit-il. Quoi! tu t'affliges du triomphe de celui qui doit être un frère pour toi? Quoi! au lieu de t'associer à la joie de son triomphe loyal, tes yeux s'emplissent de larmes parce que tu n'es pas le vainqueur? Que dirais-tu s'il en agissait ainsi envers toi? Hâte-toi donc d'étouffer des sentiments dont je rougis, et qui prennent leur

3

source dans une vanité honteuse. Je n'oserais
donc plus vous proposer de jeux? Il faudrait
donc que je me privasse, ainsi que ta mère
du plaisir de vous voir lutter ensemble? Con
sidère où nous entraîne une mauvaise pensée.
Si tu ne triomphes pas de toi-même en cette
occasion, il faut renoncer aux jeux et aux étu-
des en commun. Il te faut vivre seul, sans
amis, sans société, sans émulation. Adieu aux
jeux, adieu aux exercices gymnastiques. Ce
château devient triste et mort. Non-seulement
tu te punis, mais encore tu punis les autres!
Et puis, par-dessus tout, mon enfant, tu dé-
plais à Dieu; tu ne peux tourner désormais
avec confiance les yeux vers lui, parce qu'il
lit dans ton cœur un sentiment qu'il réprouve.

— Vous n'aurez plus de pareils reproches à
m'adresser, mon père, repartit l'enfant. Je
vais aller embrasser Pierre et lui demander
mon pardon.

En effet, il alla au-devant de son compagnon, qui le cherchait de son côté.

— François, lui dit-il, me voilà plus riche

que toi, car j'ai quatre écus de six livres.
Tiens, en voilà deux, partageons.

— Bien! mon enfant, très-bien! embrasse-
moi, s'écria le marquis.

— Quand François reçoit quelque chose, il
partage avec moi; je fais comme lui, voilà
tout, monsieur le marquis.

— Vous êtes deux enfants que j'aime, qui
méritez mon affection, et que Dieu bénira.
Voyons, puisqu'il en est ainsi, voilà deux écus
que je vous donne encore. Maintenant, je vous
permets d'aller vous promener à la foire du
village; M. l'abbé aura la complaisance de
vous y conduire, et peut-être irai-je vous y
rejoindre moi-même.

Cette nouvelle, vous le comprenez, fut ac-
cueillie avec une grande joie; les enfants,
chacun leurs trois écus de six livres dans la
poche, coururent plutôt qu'ils ne marchèrent
au village. A peine leur précepteur pouvait-il
les suivre.

Arrivés dans le champ de foire, tout leur
faisait envie : là, de magnifiques gâteaux éta-
laient au soleil leurs croûtes d'or et faisaient

venir l'eau à la bouche rien que de les voir.
Ici, c'étaient des polichinelles aux costumes
bariolés, aux mines grotesques, et qui imi-
taient, au moyen de fils habilement disposés,
les gestes et la danse d'un baladin. Plus loin,
on voyait de riches portefeuilles dorés; autre
part, de petits objets en ivoire, que l'on ne
pouvait regarder sans envie; des madones,
leur Enfant Jésus sur le bras, et que renfer-
mait un étui sculpté comme une chapelle de
moyen-âge; des crucifix qui auraient orné ad-
mirablement un oratoire; enfin, des reliquai-
res, peints des couleurs les plus séduisantes;
sans compter des livres d'Heures avec de belles gravures à chaque page. Les enfants s'ar-
rêtaient devant chaque objet, le convoitaient,
et tiraient l'argent de leur poche pour l'acheter. Ils eussent tout dépensé dès la première
boutique, si leur précepteur ne leur eût fait
observer que c'était se charger d'objets qui
pourraient gêner pendant le reste de la promenade; il valait mieux en faire l'acquisition
au retour.

Ils cédèrent sans peine à cette juste observation, et suivirent l'abbé, qui les mena, à dessein, vers une partie solitaire du village, habitée par les plus pauvres habitants. Ils entrèrent dans une chaumière, sous le prétexte de se reposer, et ils trouvèrent une pauvre femme qui enveloppait un tout petit enfant dans de mauvais langes troués et presque en lambeaux.

— Mais le petit garçon aura froid la nuit, dit Pierre en voyant les membres de l'enfant, presque aussi nus qu'avant d'être emmaillottés.

— Que voulez-vous, mon jeune Monsieur, j'ai quatre enfants, mon mari est malade, et je n'ai point d'argent pour acheter des langes à cette chère créature.

— Il vous faut donc beaucoup d'argent?

— Oh! mon Dieu, non, bien peu; mais ce peu je ne l'ai pas. Avec un écu de six livres, je me procurerais tout le linge nécessaire.

— Monsieur l'abbé, dit François en menant son précepteur à l'écart, j'ai bien envie de ne pas acheter le portefeuille rouge qui me faisait

si grande envie, et de donner un de mes trois
écus à cette bonne femme.

— C'est une charitable idée, et dont vous
saura gré le bon Dieu.

— Tenez, ma chère dame, dit alors François en présentant un de ses écus de six livres
à la paysanne, permettez-nous de vous offrir
cette pièce de monnaie pour acheter des langes à l'enfant.

— Merci ! mon petit seigneur, répliqua la
pauvre mère toute joyeuse ; j'accepte de grand
cœur, car c'est pour mon enfant.

Elle essuya une larme ; François et l'abbé
se sentirent les yeux humides. Pendant ce
temps, Pierre avait bien de la peine à s'empêcher de rire aux éclats ; il finit par sortir de
la chaumière, sans pouvoir dompter son accès
de gaîté.

François et l'abbé vinrent le reprendre sur
la pelouse où il se roulait, et lui demandèrent
ce qui le rendait si joyeux.

— Oh ! le bon tour ! le bon tour ! s'écria-t-il.
Que la paysanne va se trouver attrapée !

— Comment donc cela ?

— Figurez-vous, monsieur l'abbé, que tout-à-l'heure, au moment où la bonne femme se levait pour donner la bouillie à son enfant, et pendant que vous causiez avec François, je me suis approché du lit, et j'ai glissé dans les draps un écu de six livres. Quelle sera sa surprise lorsqu'en se couchant, le soir, elle trouvera ma pièce d'argent! Elle dira : C'est l'écu que j'ai reçu de M. François; mais comment se trouve-t-il ici, puisque je l'ai dépensé pour acheter des langes? Mon Dieu! que cela sera drôle! N'est-ce pas à mourir de rire?

L'abbé adressait tout bas à Dieu une prière pour le remercier des bons sentiments qu'il avait donnés à ces deux enfants.

— Le soir commence à tomber; ne retournerons-nous pas vers le champ de foire, monsieur l'abbé, car j'ai bien envie d'acheter un livre plein d'images et une petite boîte d'ivoire?

— Et moi un polichinelle, des gâteaux et un joli sabre que j'ai vu et qui brille comme de l'argent.

— Allons du côté de la foire.

Ils arrivèrent bientôt, car les enfants couraient avec avidité pour se procurer les objets qu'ils désiraient. Ils se trouvaient déjà près des marchands, lorsqu'ils entendirent derrière eux des cris plaintifs : c'était un malheureux marchand dont la boutique, pleine de vases de faïence et de porcelaine, venait d'être renversée par une voiture et mise en mille pièces.

Le charretier et le marchand étaient aussi désolés l'un que l'autre.

— Si j'avais de l'argent, disait le premier, je vous paierais le dégât que j'ai commis sans le vouloir; mais ni la voiture ni les chevaux ne m'appartiennent. Je suis un pauvre domestique qui gagne à peine de quoi se vêtir.

— Ma mère! ma pauvre mère! criait le marchand. Cette boutique composait toute ma petite fortune et celle de ma mère. Je dois même le prix d'une partie des objets qu'elle contenait à un marchand dont j'ai eu bien de la peine à obtenir crédit; il va me croire un fripon! Je reste sans ressources et sans pain pour ma pauvre mère! Mon Dieu! mon Dieu! que devenir?

— Pierre, dit François à son ami, je donnerais bien mes deux écus de six livres à cet homme pour qu'il ne pleurât pas ainsi.

— Je tiens déjà les miens dans ma main pour les lui offrir; mais cela fera-t-il assez?

— Monsieur l'abbé, combien peut valoir cette boutique brisée?

— Je vais m'en informer, répliqua l'abbé, qui comprit l'intention généreuse de ses élèves.

Il alla parler au marchand et revint.

— Il évalue sa perte à quarante livres.

— Et nous n'en avons que vingt-quatre, murmura François.

— Monsieur l'abbé, ne pourriez-vous pas nous prêter le reste? M. le marquis nous donne six livres par semaine pour acheter des jouets; nous vous rendrons votre prêt sur cet argent.

— Je ne vous les prêterai point, mais je m'associerai à votre bonne œuvre. Tenez, mon ami, ne pleurez pas; voici deux enfants

que votre douleur a touchés et qui me char-
gent de vous remettre ces quarante livres.

Le pauvre marchand, en entendant ces paroles, en voyant briller les écus, en les sen-
tant dans sa main, crut faire un rêve; ses
sanglots se changèrent en paroles joyeuses,
et il se mit à chanter et à sauter comme un
enfant.

— Merci, mes jeunes seigneurs, disait-il,
Dieu vous bénira! Dites-moi vos noms pour
que ma mère et moi nous les joignions à nos
prières! Au nom du ciel, ne vous éloignez pas
avant que je sache à qui je dois un si grand
bienfait.

Les enfants, déjà loin, s'étaient dérobés à
sa reconnaissance et regagnaient le château
sans argent, sans jouets, mais le cœur content
et animés par une gaîté folâtre qui les faisait
se livrer en cheminant à mille ébats et à mille
jeux.

M. le marquis de Fénelon étant allé de son
côté à la fête, y rencontra le marchand et apprit ce qui s'était passé. Quoiqu'on ne pût lui
nommer les enfants, son cœur lui dit le nom

de ceux qui étaient venus au secours du malheureux. Quand il fut de retour, un regard échangé entre lui et l'abbé suffit pour le confirmer dans ses suppositions.

Alors il envoya un domestique au village, et celui-ci revint chargé de livres et de jouets que les enfants trouvèrent le soir, en se couchant, sur leurs lits, avec cette inscription : *Pour des enfants charitables*. Je n'ai pas besoin de vous dire les cris de joie qu'ils poussèrent.

— Oh! que mon père est bon!

— Quel excellent homme que M. le marquis!

— Mais comment a-t-il su cela?

— Avec quelle générosité il nous récompense!

— Mes enfants, M. le marquis peut vous donner une idée de la bonté céleste. M. de Fénelon a trouvé dans sa tendresse de père le moyen de savoir votre bonne action et de la récompenser. En cela il s'est rapproché de la sollicitude divine. Dieu fait pour tous les hommes ce que votre père fait pour vous; il observe leurs actions il se réjouit du bien

qu'ils pratiquent, et il les récompense au centuple; il tient compte du verre d'eau donné
au pauvre et de la parole bienveillante qu'on
adresse aux malheureux. Il va plus loin, car
il dit : Ce que vous faites à ceux qui souffrent,
vous le faites à moi-même; enfin, il place
avant tout, parmi les œuvres au moyen desquelles on s'ouvre le ciel, LA CHARITÉ. Donnez
à manger à ceux qui ont faim, dit-il; donnez
à boire à ceux qui ont soif; vêtissez ceux qui
sont nus; consolez ceux qui souffrent, et je
vous dirai : Venez à moi, et je vous recevrai
dans mon sein.

Adressez donc ce soir, avec confiance, votre
prière à Dieu, mes chers enfants; elle lui sera
agréable, car vous avez sanctifié le nom de
votre divin père; vous avez fait un pas vers
ton royaume céleste. Dites-lui, pleins d'espérance et de foi : *Notre père, qui êtes dans les
cieux, que votre nom soit sanctifié, que votre
royaume nous arrive.*

IV

Que votre Volonté soit faite.

Quelques mois s'écoulèrent durant lesquels
le marquis et le précepteur de ses enfants
s'appliquèrent, à consolider et à faire croître
dans le cœur de leurs jeunes élèves les enseignements qu'ils y avaient déposés. Ils ne cher-
chaient point à donner un développement trop
prompt à ce savoir; ils attendaient pour cela
une occasion favorable. Du reste, ils faisaient
marcher ensemble l'instruction morale et
l'instruction scientifique. Les deux enfants
faisaient des progrès satisfaisants et souvent
même rapides. Pour les exercer au travail, on
leur proposait des récompenses variées. Un
jour, il s'agissait d'apprendre les premiers
éléments de la langue latine; M. de Fénelon
leur promit une longue excursion à quelques
lieues de là, pour visiter une chapelle du

pays où se faisaient de nombreux pèlerinages,
et qui attirait une grande affluence de fidèles.
Je n'ai pas besoin de vous dire que les leçons,
quelque rebutantes et difficiles qu'elles parus-
sent, furent sues exactement, au jour et à
l'heure dits. Il ne resta donc plus que la récompense à donner, et il fut résolu qu'on par-
tirait le lendemain matin.

Jamais le ciel n'avait été plus pur et d'un
bleu plus doux; jamais matinée ne s'était an-
noncée sous des auspices plus favorables à
une promenade. Les chevaux destinés aux
cavaliers et attachés à la voiture se trouvaient
déjà prêts; ils piaffaient d'impatience dans la
cour, lorsque le jeune François, en voulant
monter dans le carrosse, posa le pied à faux,
glissa, se fit une large blessure au genou et
tomba. On accourut aux cris de sa mère; on
le débarrassa de la position dangereuse où il
se trouvait, et l'on envoya chercher un chirurgien au village voisin. Le sang coulait en abon-
dance de la jambe du blessé; il avait perdu
connaissance; sa mère, sa pauvre mère, aussi
pâle, aussi mourante que lui, le soutenait

dans ses bras et aidait à le transporter dans
le château. Pierre pleurait à sanglots; le précepteur priait Dieu; enfin, M. de Fénelon
cherchait à rendre quelque courage à sa
femme et appelait à son aide toute sa propre
résignation. Après une heure d'attente, on put
amener le médecin, qui examina la plaie, la
sonda et ne put s'empêcher de trahir une vive
émotion. Néanmoins, il posa un premier ap-
pareil sur la blessure, prescrivit quelques re-
mèdes et déclara qu'il ne quitterait point le
malade ni de la journée ni de la nuit. Il témoigna ensuite le désir de se trouver seul avec le
marquis de Fénelon.

— Monseigneur, dit-il, j'ai tâché de dissi-
muler mon trouble et mes craintes devant
madame la marquise, mais je crois de mon devoir de vous les communiquer. La blessure de
l'enfant peut avoir les plus funestes consé-
quences; l'amputation sera, j'en ai peur, nécessaire. Or, l'amputation sur un sujet de cet
âge est presque toujours un moyen désespéré.
Je désire donc que vous fassiez appeler d'autres médecins, afin que, par une consultation,

ils puissent partager avec moi une responsabilité devant laquelle, seul, je reculerais.

Jugez des douleurs et du désespoir qui serraient le cœur du malheureux père à ces paroles. Perdre son fils, son fils unique, ou bien le voir mutiler et courir les chances d'une opération presque toujours fatale! Quelle alternative!

— Mon Dieu, s'écria-t-il, vous m'imposez là une épreuve bien fatale et bien difficile à supporter! Laissez-moi vous dire, comme votre divin Fils sur le Calvaire : *Seigneur, faites que ce calice s'éloigne de moi!* mais pourtant que les décrets de votre providence s'accomplissent. Je bénis la main qui me frappe! Si la douleur m'arrache des cris, ce se. des sanglots et non des murmures contre vous, mon sauveur et mon maître!

Madame la marquise de Fénelon entra sur ces entrefaites et entendit les dernières paroles de son mari, qui suffirent pour lui apprendre quel danger menaçait son fils. Le premier choc fut terrible, mais bientôt la chrétienne rendit de la force à la mère. Elle se jeta dans

les bras de son époux, y pleura quelques minutes en se cachant le visage, ensuite elle s'a-
genouilla devant une image de la Vierge.

— Sainte protectrice des mères, lui dit-elle,
vous qui avez souffert au pied de la croix tout
ce qu'une mère peut souffrir, ne m'abandon-
nez pas en cette triste et funeste épreuve!
Vous seule pouvez désarmer la rigueur de votre divin Fils! vous seule êtes l'étoile et l'espérance des malheureux. Envoyez un de vos anges pour étendre l'ombre de son aile sur mon
enfant. Qu'il guérisse! Qu'il me soit conservé!
Qu'un miracle le ressuscite, comme un miracle rendit son fils à la veuve de Naïm! comme
un miracle rendit Lazare à ses sœurs éplo-
rées! Mais n'importe ce qui arrivera, vous se-
rez toujours bénie par moi entre toutes les
femmes, car vous êtes une source de miséricorde et la mère de Dieu! Protégez-moi! priez
pour moi!

Plus forte après cette prière, elle se leva
pleine de calme et de résignation, vint s'asseoir au chevet du lit de son fils, et ne s'en
éloigna plus.

Tout était pourtant angoisse et souffrance pour la pauvre mère! Le chirurgien s'approchait-il de son malade, elle attachait sur lui ses regards et rappelait involontairement la pâleur et l'expression de visage que le sublime Rubens donne à la sainte Vierge dans son admirable *Descente de Croix*. Sans que l'homme de l'art eût besoin de proférer une syllabe, elle lisait dans ses traits les craintes ou les espérances qu'il fallait avoir. Du reste, tandis que son mari, plein d'agitation, semblait perdre parfois la raison, elle ne démentait pas un instant la présence d'esprit la plus complète; elle prévoyait tout et donnait elle-même tout ce qui devenait nécessaire, sans confusion, sans rien oublier. Le chirurgien ne pouvait assez l'admirer et assez s'étonner devant une pareille force, qui prenait sa source dans une piété fervente et une confiance sans bornes en la miséricorde de Dieu.

François se montrait digne de sa mère. Si parfois des douleurs aiguës lui arrachaient des plaintes, il les réprimait aussitôt, surtout lorsque madame de Fénelon se trouvait là.

Alors il cherchait à contenir les transports de
sa souffrance, afin de ne point alarmer celle
qu'il voyait si près de lui pâle et livrée aux
angoisses. Tantôt il lui tendait une main hu-
mide de la moiteur de la fièvre, et serrait doucement la sienne, tantôt il trouvait pour elle
un sourire au milieu des élancements d'une
plaie qui lui causait des tortures atroces.

Le lendemain soir, les chirurgiens que l'on
avait convoqués des villes voisines se trouvèrent réunis au château pour la consultation :
leur examen de la blessure de François dura
longtemps, et la conférence qui suivit ne fut
pas moins longue. Enfin, ils décidèrent que
l'enfant se trouvait trop faible pour supporter
une si grave opération, et qu'il fallait laisser
agir la nature. Ils s'éloignèrent donc, laissant
peu d'espérance après eux.

Dieu prit sans doute en pitié ce père et cette
mère infortunés, car le malade passa une nuit
calme et la fièvre s'apaisa : le chirurgien ne
pouvait croire, le lendemain matin, aux heureux changements survenus dans l'état du
blessé. Il déclara que cette amélioration inat-

tendue changeait tout-à-fait la nature du mal,
et qu'il répondait, dès à présent, d'une guérison complète et beaucoup moins lente qu'on
ne le croyait.

A cette nouvelle, une joie générale se ré-
pandit dans toute la maison, et M. et madame
de Fénelon se rendirent sur l'heure dans la
chapelle pour y remercier Dieu. Les domestiques les y accompagnèrent à leur insu :
bientôt le chant du *Te Deum* sortit de toutes
les bouches et du fond de tous les cœurs pour
s'élever vers Dieu et le bénir du miracle qu'il
venait d'opérer.

Pendant ce temps-là, un homme s'associait
de loin à cet hymne de reconnaissance, et mêlait tout bas sa voix aux voix des chrétiens
reconnaissants qui priaient dans la chapelle.
Lui, il était resté près du lit du malade; c'é-
tait le précepteur.

— Monsieur l'abbé, lui dit François, puisque me voilà pour longtemps au lit et condamné au repos, ne pouvez-vous pas m'enseigner une prière qui convienne à ma situation
et qui me console?

— Cette prière, mon enfant, reprit le jeune prêtre, se trouve dans l'Oraison dominicale, dont je vous ai enseigné le commencement; la voici : *Que votre volonté soit faite sur la terre comme au ciel.*

— Que votre volonté soit faite sur la terre comme au ciel, répéta l'enfant.

Puis il ajouta :

— Pourquoi demander à Dieu que sa volonté soit faite, à lui qui peut tout?

— Ce serait mal comprendre le sens de cette prière que de l'interpréter ainsi. Par ces paroles, le divin maître qui nous l'a enseignée veut exprimer la résignation que les hommes doivent à la volonté de Dieu. Il faut accepter avec la même humilité, mon enfant, les épreuves et les bienfaits que Dieu nous envoie. Il ne peut appartenir à notre faible intelligence de comprendre le but de ses décrets mystérieux. Telle circonstance qui nous paraît rude et douloureuse cache pour nous une chose utile et dont nous devrions nous applaudir; telle autre dont nous nous réjouissons nous devient amère et funeste. Il faut donc qu'un chrétien accepte les volontés de la Providence sans les discuter; il faut donc qu'il y obéisse comme un enfant docile obéit à son père. Lorsque M. le marquis vous ordonne quelque chose, vous le faites sans discuter avec lui le plus ou le moins d'opportunité de ce qu'il commande; à plus forte raison faut-il en agir de même avec Dieu, qui vous a permis de lui dire : Mon père; avec Dieu, souverainement bon et dont la sagesse est infinie! C'est bien le moins qu'en échange de tant de bienfaits, il nous trouve dociles et soumis.

— Oui, vous avez raison, monsieur l'abbé. Je comprends à présent ces paroles : *Que votre volonté soit faite sur la terre comme dans les cieux.*

Elles resteront constamment présentes à ma mémoire pendant tout le temps de ma maladie, et je ne les oublierai pas non plus après ma guérison.

Pierre entra sur ces entrefaites tout rouge et fort irrité. Il avait grande peine à retenir ses larmes.

— Qu'avez-vous donc, mon enfant? de-

manda le précepteur. Pourquoi cette agitation
et ces pleurs?

— J'ai, répondit Pierre, que tout-à-l'heure
ma mère, ayant appris l'accident arrivé à
François, s'est empressée d'accourir pour savoir de ses nouvelles et pour s'assurer qu'il ne
m'était rien arrivé à moi. Sitôt que je l'ai
aperçue, j'ai couru au-devant d'elle jusqu'à la
grille du château; je l'ai embrassée de tout
mon cœur, et elle me l'a bien rendu; mais il
y avait là les domestiques du chirurgien. L'un
d'eux, qui pansait le cheval de son maître, a
dit à son camarade : Vois donc ce petit seigneur qui embrasse cette paysanne; probablement qu'elle est sa nourrice. » Alors j'ai en-
traîné ma mère d'un autre côté, et je lui ai
dit d'entrer désormais au château par la petite
porte et non par la grille.

Le précepteur se couvrit des deux mains le
visage.

— Oh! qu'avez-vous fait là, qu'avez-vous
fait là, mon enfant? Quoi! vous n'avez pas
crié à cet homme : Ce n'est point ma nourrice, c'est ma mère, ma sainte et bonne mère.

celle qui m'a nourri de son lait, celle qui a passé tant de nuits près de mon berceau pour m'assurer un sommeil tranquille! Quoi! vous avez fait cela, Pierre!... Et que disait votre mère, votre pauvre mère, si à plaindre?

— Elle pleurait, répondit Pierre, si bas qu'on l'entendit à peine.

— Sans doute vous avez couru après elle? vous vous êtes jeté à ses pieds? vous lui avez demandé pardon?

Pierre ne répondit pas.

— Enfant coupable, vous n'avez point songé que Dieu vous regardait et qu'il vous reniera pour son fils, vous qui reniez votre mère. Comment annoncer une pareille faute à M. le marquis? Il est de mon devoir de le faire, et pourtant je n'oserais jamais lui avouer qu'un enfant confié à mes soins a pu manquer ainsi au plus saint ues devoirs, au respect qu'il doit à sa mère. Que faire? quel parti prendre?

François se souleva sur sa couche.

— Monsieur l'abbé, dit-il, aidez Pierre à réparer sa faute. Conduisez-le chez sa mère;

obtenez d'elle l'oubli d'un moment d'erreur; une fois la mère de Pierre consolée et son pardon obtenu, nous avouerons tout à mon père, qui ne montrera pas plus de sévérité que la mère de Pierre, et que désarmera notre aveu.

— Vous avez raison, répliqua l'abbé; je vais suivre votre conseil. Venez, Pierre.

Pierre prit la main du précepteur, et tous les deux se dirigèrent vers la ferme de Catherine.

Ils trouvèrent la porte ouverte et entrèrent sans rencontrer personne jusqu'à la place la plus solitaire de la maison. Là, ils virent la pauvre femme, le visage couvert de son tablier; elle pleurait avec tant d'amertume, qu'elle n'entendit point les pas de Pierre et de l'abbé.

— Il m'a reniée! disait-elle, lui, mon enfant; lui que j'aime avec tant de force; lui dont j'ai consenti, depuis quatre mois, à me séparer pour qu'il reçoive une éducation brillante! Oh! mes voisines ne me l'avaient que trop bien dit, qu'il m'oublierait, qu'il mépri-

serait sa pauvre mère! Mon Dieu! mon Dieu!
rappelez-moi à vous, puisque le seul bien que
"eusse sur la terre me manque et m'aban-
donne. Hélas! vous le savez pourtant, je n'ai
reculé devant aucune preuve de ma tendresse
pour lui! Plusieurs fois, de riches fermiers ont
voulu m'épouser, et j'ai préféré vivre seule,
isolée, pauvre, plutôt que de partager avec
un autre la tendresse que je voulais réserver
pour lui seul! Et il me renie, l'ingrat! Il ne
veut point m'avouer pour sa mère, il m'ordonne de venir l'embrasser à la dérobée, il
exige que mes baisers ressemblent à une
mauvaise action dont on se cache. O mon
Dieu! mon Dieu! faites que je meure, car je
n'ai plus qu'à souffrir ici-bas sur la terre!

— Mère, ne pleurez pas ainsi, dit alors
Pierre, qui s'était agenouillé et qui prit la
main de Catherine; mère, ne pleurez plus, et
pardonnez-moi.

A cette voix, à ces paroles, la pauvre femme
tressaillit de tous ses membres; elle n'osa pas
se découvrir le visage, car il lui semblait
qu'elle faisait un rêve, et que ce rêve allait se

dissiper quand elle regarderait autour d'elle.

— Mère, reprit l'enfant, ne voulez-vous point me regarder et me pardonner?

Alors elle abaissa son tablier, vit son fils à genoux près d'elle, le saisit, l'attira dans ses bras, le serra contre sa poitrine et le couvrit avec violence de baisers et de larmes. Tantôt elle s'éloignait un peu pour mieux le voir, tantôt elle l'étreignait comme si l'on voulait le lui enlever.

— Pierre, mon cher petit Pierre, disait-elle, est-ce bien toi que je revois? Est-ce bien toi que j'entends m'appeler ta mère? Sais-tu, cruel enfant, que tu m'as déchiré le cœur? que j'ai souffert tout-à-l'heure autant que le jour où j'ai perdu ton père? Oui, mon enfant, autant que le jour où je suis restée veuve, près du cadavre sanglant de celui qui n'avait cessé de me rendre heureuse, et que j'aimais de toute ma tendresse! J'ai souffert autant que ce jour-là, je te le répète, quand la parole d'un homme grossier, parole dite par hasard et sans mauvaise intention, a pu t'inspirer une si mauvaise pensée... Mais il n'y faut plus

songer, te voilà revenu près de moi! Te voilà
repentant! Tu m'embrasses, tu essuies mes
larmes, tu pleures toi-même! Allons, tout est
oublié; je vais tâcher de bannir de mon cœur
ce souvenir douloureux! Oh! pardon, monsieur l'abbé, je ne vous avais pas vu, tant j'é-
tais troublée! Mais le voilà revenu! Voyez-
vous, ajouta l'excellente femme, qui craignait
que l'ingratitude de son fils ne nuisît à l'enfant
dans l'opinion du précepteur; après tout, cela
n'a duré qu'un moment! Le repentir a paru
aussi vite que la faute... et puis à ces âges-là
on ne peut être parfait! Allons, Pierre, allons,
mon chéri, retourne au château! Il ne faut
point qu'on y sache ce qui vient de se passer;
M. l'abbé, sur ma prière, n'en dira rien. N'est-
ce pas, monsieur l'abbé? Adieu, Pierre; adieu,
mon enfant; adieu, mon chéri.

Elle tenait la tête de Pierre dans ses deux
mains; elle couvrait son front de baisers; elle
ne pouvait s'en séparer. Quand il fut parti,
elle se mit debout sur le seuil de la porte et
le regarda s'en aller, tant qu'elle le put, jusqu'à ce qu'elle le perdît de vue, au détour du

chemin. Alors elle courut pour le revoir encore, et elle le suivit de la sorte tout près du château.

Le petit Pierre se retourna par hasard, car il s'en revenait avec la conscience de sa faute, le cœur gros et la tête penchée. Sitôt qu'il aperçut sa mère, il courut à elle : il lui prit une main qu'il couvrit de baisers, puis il s'écria :

— J'ai été méchant et ingrat envers vous, qui êtes si bonne; je ne veux pas que Monseigneur ignore ma faute, et je veux la lui avouer moi-même.

Disant cela, il entraîna sa mère jusqu'auprès du lit de François, où se trouvaient le marquis, la marquise et le chirurgien; là, il fit, avec courage et sans fausse honte, l'aveu de sa conduite envers sa mère.

— Pourrez-vous me pardonner, monsieur le marquis, demanda-t-il quand il eut fini, et n'allez-vous point me chasser de votre présence?

— Mon enfant, répliqua M. de Fénelon, un repentir vrai, comme celui que vous témoi-

gnez, efface toutes les fautes. Nous avons oublié celle que vous avez commise.

— Mais moi je ne l'oublierai point, Monsieur.

— Ecoute, Pierre, dit le jeune François,
qui comprenait le chagrin de Pierre et qui
voulait détourner une conversation pénible à
son camarade; écoute, je vais t'apprendre encore une phrase de la prière que nous enseigne M. l'abbé, et qui s'applique bien à nos si-
tuations et à nos souffrances; la voici : *Que
votre volonté soit faite sur la terre comme dans
les cieux.* C'est une pensée qui me soutient et
me console.

— Mon pauvre enfant! s'écria madame de
Fénelon.

— Pourquoi me plaindre, maman? N'êtes-
vous point là, près de moi, avec mon père,
avec M. l'abbé, avec la bonne dame Catherine,
avec Pierre, avec M. le chirurgien, qui prend
tant de soin de moi! Si la volonté de Dieu m'a
envoyé des souffrances, sa miséricorde ne les
a-t-elle pas adoucies en plaçant autour de
moi tant de personnes chères et qui m'aiment!
O mon Dieu! oui, merci! Que votre volonté

soit faite sur la terre comme dans les cieux!

Aucun autre incident remarquable ne signala la maladie et la convalescence du jeune François. Enfin, il se trouva assez bien portant pour se lever et marcher à l'aide d'une béquille. Aussitôt il témoigna le désir de se rendre à la chapelle et d'y adresser des actions de grâces à Dieu.

Ce fut un spectacle touchant que celui de cet enfant encore pâle, amaigri par la souffrance, essayant ses premiers pas pour se diriger vers la maison du Seigneur. Il voulut marcher sans aide étrangère; seulement le marquis et la marquise se tenaient près de lui pour le soutenir en cas de faiblesse; les domestiques, parés de leurs habits de fête, rangés sur son passage, témoignaient leur satisfaction, et la chapelle se trouva remplie de tous les passants, accourus pour prendre part à la joie générale.

Après avoir dit, du fond du cœur, au pied de l'autel, ce qu'il savait de l'oraison dominicale, le convalescent se leva, afin d'essayer dans le parc une courte promenade; il y trouva de grandes tables dressées pour les habitants du village, et la fête se prolongea fort tard.

Catherine était là; dès que Pierre l'aperçut, il quitta la main du marquis, alla passer son petit bras au bras de sa mère, et ne la quitta point de la journée, car madame de Fénelon ne voulut point que la bonne femme prît place à une autre table qu'à la sienne.

Ainsi, le calme et le bonheur se trouvèrent encore une fois réunis dans le château de M. le marquis de Fénelon; les enfants reprirent leurs travaux scolastiques sous la direction du précepteur, et tous deux, par une docilité complète et une intelligente attention, firent des progrès rapides et brillants.

V

Donnez-nous aujourd'hui notre Pain de chaque jour.

Il ne faut pas croire, néanmoins, que souvent les deux petits élèves de l'abbé ne lui présentassent pas tour à tour de justes sujets de réprimande.

François lui-même excitait parfois le mécontentement de son maître; les soins dont l'entourait la tendresse de sa mère, ses succès scolastiques et la grande indulgence de son père le portaient à des sentiments d'orgueil qu'il était essentiel de corriger.

Ainsi, par exemple, il vint un jour trouver son précepteur avec un air de préoccupation.

— Monsieur l'abbé, dit-il, je viens de trouver dans le livre d'Heures de ma mère l'*oraison dominicale* dont vous nous avez permis de dire une partie dans nos prières. Je l'ai voulu lire, et j'ai été arrêté dès la première phrase que j'ai rencontrée après ce que je sais par cœur : *Donnez-nous aujourd'hui notre pain de chaque jour.* Cette prière peut devenir juste dans la bouche du pauvre, mais, par exemple, dans la mienne et dans celle de mon père elle reste inutile, car jamais nous n'aurons besoin de demander à Dieu du pain, nous sommes trop riches pour cela.

— Mon enfant, reprit l'abbé, vos paroles

m'affligent, car elles manquent de prudence
et de modestie chrétienne. D'abord, ce passage de l'oraison dominicale, que vous comprenez si peu, ne s'applique pas seulement au
besoin de manger, mais encore à tous les be-
soins matériels de la vie. Or, quelque riche
que vous soyez, un signe de la main de Dieu
peut faire disparaître cette fortune, fût-elle
cent mille fois plus considérable encore. Ensuite, il n'est même pas impossible que bientôt vous n'éleviez des cris de détresse vers
Dieu pour obtenir de sa pitié un morceau de
pain noir et dur. Les exemples de revers
beaucoup plus éclatants ne manquent pas et
arrivent pour ainsi dire chaque jour. Pour ne
vous en citer qu'un exemple, la reine Marie
de **Médicis**, femme du roi Henri quatrième,
la **mère** du roi Louis XIII, la fille du prince le
plus puissant de l'Italie, après avoir vu toute
la **France** à ses genoux, après avoir gouverné
l'**État** avec le titre de régente, a dû fuir, s'exi-
ler, **errer** de royaume en royaume et vivre de
la charité des souverains qui lui donnaient un
asile pour reposer sa tête.

Vous croyez peut-être que là se sont bor-
nées les épreuves auxquelles devait être sou-
mise une reine qui, de même que vous, s'é-
tait rendue coupable aux yeux de Dieu de
trop d'orgueil et de trop de confiance dans les
biens périssables d'ici-bas! Non, mon enfant.
Il fallut quitter l'Angleterre; elle vint à Bruxelles, et on la chassa de Bruxelles vers La
Haye. Elle vint à La Haye, et on la chassa de
La Haye vers Cologne! Là, abandonnée de
tous ses serviteurs, sans ressources, sans
pain, elle se réfugia dans un grenier qu'on lui
prêta par pitié, et elle y mourut de froid et de
faim. Et vous qui n'êtes rien auprès d'une
reine, vous, mon cher François, vous vous li-
vrez à une confiance aveugle et vous dites :
Je n'ai pas besoin de demander mon pain quotidien à Dieu. Puisse quelque sévère leçon de
la Providence ne pas vous faire repentir bientôt de vos paroles insensées et ne pas attirer
sur vous de grands malheurs!

Hélas! les pressentiments de l'abbé ne se
réalisèrent que trop. On était au sortir de l'hi-
ver; une rivière voisine. grossie par les neiges

tombées en abondonce, se mit à déborder,
amenar.t partout avec elle l'inondation et les
désastros. D'abord elle envahit les prairies
qui s'étendaient sur ses rives, et les bestiaux
manquèrent de pâturages; puis la fatale nappe
d'eau s'étendit jusqu'aux champs, déjà ense-
mencés, empêcha toute culture, rendit impos-
sibles les travaux agricoles, et vint entourer
le village et le château d'une ceinture d'eau
que personne ne put franchir. Alors la fureur
de l'élément s'accrut et ne connut plus de bornes. Elle jaillit de toutes parts avec impétuo-
sité, déracina les arbres, inonda les maisons
et força les habitants à se réfugier sur leurs
toits, où la mort venait même souvent encore
les frapper, car la violence du choc sapait les
fondements et détruisait les murs. On voyait
alors les maisons s'écrouler tout-à-coup; ceux
qui se croyaient en sûreté sur leurs toits dis-
paraissaient au milieu des flots et y trouvaient
une mort horrible. On éprouvait un effroi que
des paroles humaines ne peuvent exprimer à
la vue des meubles, des arbres, des cadavres
qui flottaient çà et là, se heurtaient contre ce

qui restait debout, et semblaient menacer du
même sort les infortunés qui luttaient encore
contre le trépas.

Le château, grâce à la solidité de sa cons-
truction, n'avait pas à craindre d'être détruit;
mais l'élévation des eaux avait été si subite
et si peu prévue, qu'il avait fallu abandonner
précipitammeut les étages inférieurs pour se
réfugier dans les greniers. Là se trouvèrent
donc réunies une cinquantaine de personnes,
c'est-à-dire la famille de M. de Fénelon et tous
ses domestiques. Dans le désordre et l'effroi
causés par l'invasion du terrible élément, personne n'avait songé à sauver quelques ali-
ments. D'ailleurs ce qu'on aurait pu en apporter n'aurait pu suffire à un si grand nombre
d'individus. La faim se fit donc bientôt sentir
parmi les infortunés, et François ne comprit
que trop combien il avait été insensé en dou-
tant que jamais son pain quotidien pût lui
manquer.

C'était quelque chose d'effrayant que de
voir tous ces visages pâles porter autour d'eux
des regards inquiets et se demander avec an-

goisse s'il faudrait mourir de faim, mourir de
la plus lente et de la plus douloureuse des
morts ! Et cependant tous secours restent im-
possibles ! La violence de l'eau ne permet à
aucune barque de tenter la délivrance des pri-
sonniers. Les tentatives du même genre qui
ont été faites pour les premières maisons du
village, moins difficiles à aborder que le château, ont été suivies de la perte de ceux qui
ont eu l'imprudence de les faire. Aucun espoir
de salut ne reste donc aux infortunés réunis
autour du marquis.

Quant à lui, une douleur mortelle lui serrait
le cœur, mais sans lui ôter la résignation qu'il
devait aux volontés de la Providence. Assuré-
ment, il souffrait tout ce qu'un homme peut
souffrir à l'aspect de ses fidèles serviteurs, de
sa femme, de son fils, condamnés à une mort
cruelle, mais il ne murmurait pas contre la
Providence. *Que votre volonté soit faite sur la
terre comme au ciel*, disait-il.

Madame de Fénelon, son fils serré dans ses
bras, ne laissait échapper aucune plainte et
s'efforçait d'imiter la force chrétienne de son

mari, mais en vain. Un pareil effort surpassait les forces d'une mère. Sa voix mourante ne cessait d'adresser à la sainte Vierge les plus ardentes prières pour le salut de son enfant.

— Mère du Sauveur, disait-elle, que je périsse si telle est la volonté de Dieu!... Mais mon fils, mon fils! sauvez-le, au nom des souffrances qui vous ont percé le cœur quand vous gémissiez au pied de la croix.

François se mêlait aux prières de sa mère; il pleurait, il s'accusait, il maudissait son orgueil, car il croyait voir dans l'inondation un châtiment de sa présomption folle.

L'abbé allait de l'un à l'autre et cherchait à ranimer le courage de ses compagnons d'infortune. Quelques-uns l'écoutaient, mais les autres se livraient aux actes les plus insensés du désespoir. Ils criaient, ils pleuraient, ils s'arrachaient les cheveux; les femmes surtout montraient un trouble qui tenait du délire. Tantôt elles couraient aux fenêtres et reculaient d'épouvante devant le torrent qui battait les murailles avec rage; tantôt elles se réunissaient en groupe dans le coin le plus obscur du grenier, mais c'était pour se livrer bientôt à quelque nouvel acte insensé.

Au milieu de tout cela, la faim se faisait sentir; personne n'avait mangé depuis la veille au soir. Jugez de ce qu'ils souffrirent quand vint la nuit, une nuit sans sommeil!... Que devenir, mon Dieu! que devenir!

Le second jour, vers quatre heures, un silence de mort régnait parmi tous ces infortunés. Les uns pressaient inutilement dans leur bouche quelque partie de leurs vêtements, pour tromper l'action de la faim; les autres, égarés par le délire, se mordaient les bras et suçaient le sang qui coulait de leurs plaies. On n'entendait plus que de faibles gémissements, interrompus de temps à autre par des cris qui s'étouffaient aussitôt... Tout-à-coup un grand bruit se fit entendre, et deux hommes jetèrent des exclamations de joie qui attirèrent l'attention de chacun.

— Du pain! du pain! disaient ces hommes.

En effet, l'eau entraînait avec elle et apportait vers le château une cinquantaine de pains, provenant sans doute de quelque ferme inondée. Aussitôt chacun s'arma de perches; quelques femmes donnèrent leurs jupes, à l'aide desquelles on façonna des semblants de filets, et l'on se mit à regarder avec anxiété si les pains passeraient à portée de ceux qui voulaient les prendre... Un cri de douleur et d'espérance trompée s'éleva d'abord; les premiers pains se heurtèrent contre une poutre cachée sous l'eau et prirent une autre direction; mais les seconds arrivèrent à la portée : au péril de leur vie, et en s'exposant à tomber dans le torrent, quelques hommes dévoués purent les recueillir à peu près tous. Alors il fallut voir, dans les greniers, les forcenés saisir ce pain noir trempé dans l'eau et se le disputer avec rage. Chacun se jeta dessus et dévora sa proie : la famille du marquis se trouva la seule qui n'en eût pas sa part, quoique M. le marquis de Fénelon eût partagé les dangers de ceux qui s'emparaient du pain. Heureusement le petit Pierre n'était pas resté inactif au milieu du tumulte général; glissé dans la foule, il était venu s'emparer de trois pains, qu'il avait cachés dans la paille sur laquelle il se tenait couché. Quand la nuit fut venue et qu'une obscurité complète régna dans le grenier, il se glissa vers ses amis et leur apprit tout bas le trésor qu'il leur apportait. Alors la famille entière, les yeux pleins de larmes de reconnaissance, remercia Dieu de ce secours inespéré, et reçut comme le plus grand bienfait ce pain gâté par l'eau et dont un chien n'eût pas voulu pour sa nourriture. Oh! combien François souffrit! Combien, pendant la nuit, il adressa de prières au père des hommes! Avec quelle ferveur, le lendemain matin, il fit cette prière : *Donnez-nous aujourd'hui notre pain quotidien!*

Mais le temps des épreuves était passé, et l'eau s'était considérablement abaissée pendant la nuit : on put descendre dans les étages inférieurs du château; on put se procurer des provisions et du feu. L'ordre régna enfin; il ne restait plus qu'à réparer les dégâts causés par l'inondation.

M. de Fénelon n'hésita pas à sacrifier une partie de sa fortune pour rendre moins pénible le sort de ses vassaux. Non content de

leur remettre l'année entière de leur fermage,
il réalisa une somme considérable et alla de
ferme en ferme, de cabane en cabane, don-
nant aux uns, prêtant aux autres ce qu'il leur
fallait pour reconstruire leur habitation, ensemencer les terres et racheter des bestiaux.
Pierre, François et l'abbé, leur précepteur,
l'accompagnaient dans toutes ces excursions
et le secondaient dans ces actes de charité.
Chacun enviait leur présence; chacun priait
Dieu de bénir un seigneur si plein de charité, et qui, suivant les paroles des livres
saints, *comblait de bienfaits ceux qui manquaient de tout.*

VI

**Pardonnez-nous nos Offenses comme nous par-
donnons à ceux qui nous ont offensés.**

La parabole du grain de sénevé, qui n'est
qu'un atome lorsqu'on le confie à la terre, et

qui devient un arbre sur lequel se reposent
les oiseaux du ciel, se vérifia pour les aumônes du marquis de Fénelon et pour les secours
qu'il distribua à ses vassaux victimes de l'i-
nondation. Ils fructifièrent au centuple et donnèrent à ces hommes une ardeur au travail
aiguillonnée par le désir de témoigner à leur
bienfaiteur combien ils lui gardaient de reconnaissance, combien ils sentaient le besoin de lui prouver qu'ils n'étaient pas indi-
gnes de ce qu'il faisait pour eux. Le village
renaquit donc comme par enchantement; les
ruines disparurent, les maisons se relevèrent,
et bientôt la charrue se remit à sillonner la
campagne, tandis que le laboureur oubliait
ses misères passées, par l'espérance d'une
abondante récolte prochaine, et chantait en
conduisant ses bœufs. Le bonheur leur était
d'autant plus précieux, que tout se trouvait
frappé de désolation autour d'eux, et que,
dans les villages voisins, la famine, que n'a-
vait point prévenue, comme à Fénelon, la
prudente charité du seigneur, semait l'épouvante et le désespoir. M. de Fénelon aurait

bien désiré pouvoir, là aussi, sécher les larmes que l'on versait et apaiser les cris que l'on jetait; mais, hélas! sa fortune ne pouvait suffire à de si cruelles misères! Il lui avait déjà fallu, pour secourir ses propres vassaux, grever d'emprunts considérables ses propriétés. Il se vit donc condamné à rester témoin des infortunes de ses voisins, sans pouvoir en arrêter le cours.

La faim amena peu à peu les mauvaises pensées dans ces lieux de désolation, d'autant plus que, faute d'argent pour relever leurs maisons et ensemencer leurs terres, les pauvres paysans se trouvaient oisifs toute la journée et ne pouvaient même oublier dans le travail leurs chagrins et leur affreuse position. C'était un enfer dont ils souffraient horriblement, et dont non-seulement ils ne pouvaient sortir, mais encore dont ils ne pouvaient tenter de sortir. De là, une foule de vols qui se commettaient dans les villages voisins; de là, des bandes qui parcouraient la campagne, demandaient l'aumône avec violence et menaçaient de recourir à l'assassinat et à l'émeute.

L'audace de ces malheureux alla si loin, qu'un soir ils tentèrent un coup de main contre le château de Fénelon. Toute la famille se trouvait rassemblée autour du foyer et allait bientôt commencer la prière du soir; en attendant que le marquis donnât le signal de se mettre à genoux, l'abbé, assis entre ses deux jeunes élèves, leur expliquait la fin de l'oraison dominicale, et il en était à ces paroles : *Pardonnez-nous nos offenses comme nous pardonnons à ceux qui nous ont offensés.*

Le baron de Salignac, grand-prévôt, parent du marquis de Fénelon, arrivé de la veille au château, osa discuter les préceptes du divin ministre, comme si chaque mot tombé des lèvres du Sauveur n'était pas une loi devant laquelle le chrétien n'a qu'à s'incliner respectueusement et avec admiration.

— Pardonner, dit le vieux militaire, c'est encourager le vice, c'est exciter à retomber dans les mêmes fautes. N'est-il pas écrit quelque part dans l'Évangile : *A chacun selon ses œuvres?* Voilà la seule véritable, la seule bonne règle de conduite; je n'en suis pas et n'en veux pas suivre d'autre. Si l'on se montre bon et affectueux pour moi, j'use de bonté et d'affection ; si l'on me témoigne de l'animosité, de la malveillance ou de la haine, je rends de l'animosité, de la malveillance ou de la haine. Le bien pour le bien, le mal pour le mal, telle est ma règle de conduite.

— En supposant que ce fût là une règle juste de conduite, un bon précepte de la sagesse humaine, répliqua l'abbé, elle est justement réprouvée par Dieu. Si vous ne pardonnez pas aux autres, vous, faible et pauvre créature, comment voulez-vous que la source de toute perfection vous pardonne ? De quel droit celui qui est sans pitié criera-t-il à Dieu : Pitié ! Quelle justice espèrera-t-il de la miséricorde du ciel, s'il a été sans miséricorde sur la terre ? On aurait beau réunir toutes les vertus et toutes les perfections possibles, à chaque instant on offense la divinité. Jésus, notre divin maître, l'a enseigné : les justes, les saints ses élus, *tombent sept fois par jour*, c'est-à-dire qu'il ne se passe point de journée qu'ils ne cèdent à quelques imperfections de

la nature humaine. Donc, s'il est ainsi des
bienheureux que l'Église nous offre comme
modèles, et dont le front rayonne de l'auréole
éternelle du paradis, que doit-il être de nous,
pauvres membres de l'Église militante, toujours aux prises avec le péché? Nous offen-
sons Dieu sans cesse, nous avons sans cesse
besoin de ses pardons, et nous nous montre-
rions impitoyables pour les autres! nous exi-
gerions des autres une force que nous ne pos-
sédons pas, une perfection dont nous ne nous
sentons point capables! Oh! soyons miséricordieux pour obtenir miséricorde! Suivons
l'exemple de Jésus, qui pria sur la croix pour
ses ennemis; respectons et suivons les préceptes que lui-même a daigné enseigner aux
hommes, pour le salut desquels il a tant souffert : *Pardonnez-nous nos offenses comme nous
pardonnons à ceux qui nous ont offensés.*

L'abbé allait encore ajouter quelques paroles, quand un léger bruit se fit entendre près
de la fenêtre. Au même instant, les chiens
hurlèrent avec violence, et plusieurs coups de
feu éclatèrent. Le baron et le marquis s'élan-

cèrent dans la cour, suivis do l'abbé, qui ne
prit point d'armes comme eux, mais qui ne
les accompagna pas moins au lieu du péril.
Madame de Fénelon pressa les deux enfants
dans ses bras et se mit à genoux pour prier
Dieu de protéger les jours de son mari.

Une bande de paysans attaquait le château
et venait chercher, à main armée, les moyens
de se soustraire à la faim. Le combat ne fut
pas long, car tous les vassaux du marquis,
sitôt qu'ils entendirent le bruit des armes dans
l'habitation de leur seigneur, accoururent à
son aide. Trois voleurs perdirent la vie durant
cette courte lutte; les autres prirent la fuite.
Les braves gens venus si promptement à
l'aide de M. de Fénelon, voyant tout péril terminé, regagnèrent leurs fermes; le marquis
vint se joindre aux prières et aux actions de
grâces que sa femme adressait à Dieu, en re-
merciment de la protection qu'il avait daigné
leur accorder en cette circonstance.

Toute la famille, remise de la chaude alarme
qui avait retardé l'heure de son repos, allait
enfin se retirer pour prendre du sommeil,

quand les chiens, que l'on avait lâchés, se
mirent à hurler de nouveau. Bientôt on les
entendit mordre avec rage, et des plaintes
d'homme se mêlèrent à leurs épouvantables
cris.

— C'est un voleur qu'ils ont pris! s'écria
le baron; il faut le leur laisser égorger.

— Un homme en péril! il faut le secourir,
dit le marquis.

Et déjà, non sans l'aide de l'abbé, il arra-
chait aux dents meurtrières des chiens un
homme tout sanglant, qu'ils amenèrent dans
la salle où se trouvaient la marquise et les
enfants.

Le malheureux était évanoui. Quand il eut
repris connaissance, il avoua de suite qu'il
faisait partie de la bande par laquelle naguère
avait été attaqué le château.

— Grâce! fit-il en tombant à genoux, grâce!
monsieur le marquis! Je suis sans doute bien
coupable; mais voici deux jours que je n'ai
mangé, deux jours que ma pauvre femme
manque de pain. Que voulez-vous? quand j'ai
vu tout-à-l'heure cette bande de malheureux,

devenus des brigands à force de misère, une infernale pensée m'a saisi; je les ai suivis; mais je vous le jure par le Sauveur des hommes! je vous le jure par mes enfants! je vous le jure par mon salut! je voulais du pain, rien de plus! du pain pour ma famille et pour moi! Je n'ai point cherché à verser le sang de personne, puisque je suis sans armes. Quand j'ai reconnu que notre présence ne vous épouvantait pas, quand j'ai vu que du sang allait couler et que je pouvais devenir un assassin, j'ai cherché à faire renoncer mes complices à leur dessein coupable. Loin de m'écouter, ils m'ont menacé; alors je me suis séparé d'eux. C'est en cherchant à sortir du parc, où je m'étais égaré, que ces chiens m'ont découvert et m'ont attaqué.

Cependant le baron avait fait appeler un des sous-officiers qui l'accompagnaient.

—Monsieur, dit-il alors, je suis grand-prévôt, comme vous le savez. Voici un homme que l'on a surpris, dans ce château, en flagrant délit et faisant partie d'une des bandes d'assassins que le roi, notre maître, m'a donné

mission de réprimer et de punir. Je lui laisse
jusqu'au point du jour pour se réconcilier avec
Dieu. A six heures du matin, qu'il soit pendu;
entendez-vous, ajouta-t-il en se tournant vers
le sous-officier : je vous rends, sur votre tête,
responsable de l'exécution de mes ordres.

A ces mots, le patient se jeta aux genoux
du baron.

— Grâce! s'écria-t-il en répandant des larmes abondantes, grâce! Monseigneur! Ce
n'est pas pour moi que je vous demande la
vie; quel prix voulez-vous que j'attache à une
vie misérable où je ne puis pas même com-
battre la pauvreté par le travail? Mais ma
femme, mais mes enfants, mais ma vieille
mère, que voulez-vous qu'ils deviennent sans
moi? Il leur faut mourir de faim, et avant que
l'on meure de faim, il y a bien d'horribles
pensées qui viennent, Monseigneur! Mes enfants perdront leur âme, comme l'a fait leur
malheureux père; ils deviendront la honte et
le désespoir du pays! Grâce! je ne suis point
un mauvais homme! Le malheur m'a égaré
un instant; voilà tout, Monseigneur, je vous

le jure. Je ne savais pas ce que je faisais.
Quand on a faim, voyez-vous, les idées se troublent; on cède à une espèce de folie, ou se sent poussé par la main du démon, et l'on tombe... Grâce! Monseigneur! grâce!

Le grand-prévôt se tourna froidement vers le sous-officier et lui dit :

— Vous m'avez entendu! au point du jour! Emmenez cet homme.

A ces mots, la marquise, dont la pitié ne pouvait croire réelle la menace de son parent, et qui supposait qu'il n'avait d'autre but que d'épouvanter le prisonnier, se jeta devant le sous-officier, qui s'empressa de sortir.

— Cela n'est point sérieux, n'est-il pas vrai? demanda-t-elle à voix basse. Cet homme ne va point mourir?

Le sous-officier la regarda avec étonnement.

— Les ordres de monseigneur le grand-prévôt ne sont que trop réels, Madame. Cet homme doit mourir, et si je différais seulement d'une heure sa mort, je m'exposerais aux plus sévères châtiments.

La marquise revint alors vers le parent de son mari.

— Monsieur le baron, dit-elle, je vous demande la grâce de cet homme.

— Madame, je désire beaucoup vous être
agréable, mais je suis désolé de ne pouvoir
vous accorder ce que vous me demandez. Cet
homme a mérité la mort ; il mourra.

— Sa grâce ! monsieur le baron ; je vous demande sa grâce !

— Dans toute autre circonstance, Madame,
peut-être prendrais-je sur moi de m'écarter de
ma sévérité ordinaire. Aujourd'hui la chose
n'est point possible...

— Pourquoi cela?

— Parce qu'il faut un exemple, Madame !
L'audace des brigands devient de jour en jour
plus grande : rien ne les arrête ; ils ne respec-
tent plus rien. Naguère ils s'en prenaient aux
voyageurs qui parcouraient les grands chemins ; ensuite ils ont attaqué les habitations
isolées, puis ils sont venus jusqu'au village,
et maintenant voilà qu'ils n'épargnent même
pas votre château ! Si un exemple sévère ne
les frappe point de terreur, il faut s'attendre
à tout. Que cet homme périsse donc, et que

son cadavre apprenne, du haut du gibet, à tous ces scélérats le sort qui leur est réservé.

— Mais cet homme n'est coupable qu'envers nous, monsieur le baron. Nous seuls avons le droit de demander justice contre lui; nous seuls avons le droit de réclamer son châtiment... Loin de là, nous sollicitons sa grâce.

— Le coupable ne vous appartient plus, mais il appartient à la justice. Vous lui pardonnez, rien de mieux; c'est une conduite qui vous honore et qui donne une nouvelle preuve de la bonté de votre cœur; mais la justice ne peut lui pardonner comme vous. La justice est une règle rigoureuse dont on ne saurait se départir, et que la miséricorde ne modifie pas à son caprice. Elle a un tarif pour tous les crimes; les criminels savent donc à l'avance les périls auxquels ils s'exposent : les galères aux voleurs, la mort aux assassins.

— Cet homme n'a pas pris part à la tentative des malheureux qui ont attaqué ce château.

— Pourquoi trouve-t-on des armes près de lui?

— Il les a jetées avant le combat.

— Pourquoi l'a-t-on pris dans ce château?

— Il vous jure sur la tête de ses enfants qu'il n'a point combattu contre nous!

— Mensonge! Tous diraient la même chose en pareille occasion.

Madame de Fénelon ne savait plus à quels moyens recourir.

— Monsieur le baron, dit alors le marquis, dont la voix ne s'était point encore mêlée aux sollicitations de sa femme, parce qu'il espérait que seule elle triompherait plus aisément de l'insensibilité du grand-prévôt; monsieur le baron, je viens, à mon tour, prendre sous ma protection ce malheureux, dont madame la marquise sollicite la grâce.

— Monsieur le marquis, si la chose avait été possible, je l'eusse accordée à madame la marquise.

— Ecoutez-moi, Monsieur. J'ai quelque habitude du cœur humain; il m'a été aisé de reconnaître que cet homme dit vrai; sa faute doit être imputée au malheur et non à une nature perverse. Voilà pourquoi je veux le sauver. Je ne cède point en ceci à une considération irréfléchie. Accordez-moi donc sa grâce.

Le baron se retourna une troisième fois vers le sous-officier.

— Ai-je l'habitude, demanda-t-il, de répéter plusieurs fois mes ordres?

Le militaire sortit en emmenant le prisonnier.

— Baron, dit le marquis, je crois inutile de vous faire connaître que votre refus rompt entre nous les liens d'amitié qui nous avaient unis jusqu'ici. Vous avez affligé les yeux et le cœur de ma famille par une cruauté sans nécessité et qui peut se renouveler à chaque instant. Votre présence ici nous ôterait tout repos. Je vous offre pour habitation une maison de campagne que je possède à un quart de lieue du château. Demain, je vous y conduirai; vous y trouverez toutes les commodités qui se rencontrent chez moi : seulement ma femme ne sera plus exposée à entendre des arrêts de mort.

Quant à l'exécution de cet infortuné, j'espère qu'elle n'aura point lieu sur mes terres.

Au besoin, comme seigneur de Fénelon, je m'y oppose; si vous insistez, je porterai mes plaintes au roi.

— Monsieur le marquis, je suis désolé que vous preniez si sérieusement une aventure de si mince importance. Mais le devoir et la justice avant tout. Demain, à midi, je partirai pour la maison dont vous me parlez. Quant à l'exécution du patient, je vais donner mes ordres pour qu'on la fasse sur le territoire de la châtellenie voisine, à un quart de lieue du château.

Là-dessus, il salua et sortit, laissant la famille de M. de Fénelon glacée de terreur et justement indignée de la dureté inflexible de cet homme.

L'abbé avait suivi le malheureux condamné, car il ne voulait pas laisser seul et abandonné au désespoir cet homme, qui n'avait plus d'espérance que dans le ciel, et dont les jours étaient comptés; il l'accompagna dans la chambre qu'on lui donna pour prison, et que trente soldats armés gardaient à vue.

— Mon père, lui dit le malheureux, que l'on

avait garrotté, mon père, que vont devenir
ma femme, mes enfants, ma mère?

— M. le marquis de Fénelon, dont vous
avez vu la charité s'exercer à votre égard
avec tant d'ardeur, ne les abandonnera point.
Moi-même, mon ami, je leur serai en aide,
autant que me le permettront mes faibles ressources. A défaut d'aumônes plus abondantes,
je leur porterai le pain de la consolation; je
les soutiendrai dans les sentiments que doivent avouer les chrétiens; il ne tiendra pas à
moi qu'ils ne marchent dans la voie sainte de
la vertu.

— Si vous accomplissez fidèlement ces promesses, mon père, et tout me dit que vous les
accomplirez, je mourrai avec moins de désespoir. Oui, je puis m'occuper librement du soin
de mon salut, car des pensées cruelles ne
m'en détournent plus.

En disant cela, il se mit à genoux et fit une
confession générale au jeune prêtre : celui-ci
pleurait en écoutant cette vie simple, droite,
et qu'une seule pensée vraiment coupable
avait ternie! Car le paysan avait dit vrai : il

n'avait cédé qu'à un mouvement de faiblesse
en s'associant aux voleurs. A peine s'était-il
mêlé parmi eux, qu'il s'en était repenti

L'abbé donna l'absolution à l'infortuné, le
consola, lui montra le ciel, et quand le brigadier vint annoncer que l'heure de marcher au
supplice était venue, le paysan porta les yeux
vers le ciel, se leva et obéit, plein de force et
de résignation.

Fidèle à sa promesse de la veille, le grand-
prévôt avait ordonné que l'exécution se fît
hors des terres du marquis, à un quart de
lieue de là. A peine l'escorte eut-elle emmené
le patient, qu'un soldat revint en toute hâte
prévenir le baron qu'un rassemblement de
paysans se montrait sur différents points et té-
moignait des intentions hostiles. Aussitôt
M. de Salignac monta à cheval, prit ses pistolets et courut au galop rejoindre l'escorte,
afin de procéder à l'exécution.

Il trouva plus de trois mille paysans rassem-
blés, tous armés de faux, de fléaux et de serpes. Rien ne troubla le cortége qui s'avançait,
jusqu'au moment où il s'arrêta devant un

grand arbre désigné pour servir de potence.
Alors les quinze cavaliers qui formaient l'escorte s'arrêtèrent. Le patient descendit de la
charrette où il se trouvait avec l'abbé. Un misérable mendiant, étranger au pays, et que l'on
avait payé pour remplir l'office de bourreau,
se mit à attacher la corde.

En ce moment, deux cents femmes entourè-
rent le grand-prévôt, tandis que la mère, la
femme et les enfants du condamné demandaient sa grâce.

Le prévôt répondit durement par l'ordre
qu'il donna au bourreau de se hâter.

Alors les femmes se relevèrent, et ce furent
les hommes qui vinrent demander grâce.

— Grâce! grâce! crièrent toutes les voix.

Le baron tira son épée pour écarter les sup-
pliants; au même instant il fut renversé de
cheval et menacé par des centaines de bras
qui tenaient suspendus au-dessus de sa tête
des fléaux et des serpes. Quand il se releva,
les soldats étaient désarmés, la corde coupée,
le bourreau mis en fuite, et le patient disparu.

Le grand-prévôt retourna sur-le-champ au

château de son parent pour le prévenir qu'au
lieu de se rendre le jour même à la maison de
campagne, il allait partir pour la ville voisine,
afin d'y requérir main-forte et de venir se
venger de l'insulte qu'il avait reçue.

— Cette insulte et les malheurs qui mena-
cent le pays auraient été prévenus par un
peu de miséricorde, dit le marquis. Vous n'en
seriez point réduit à des moyens extrêmes si
vous aviez écouté mes conseils, hier soir du
moins. Que l'expérience du passé puisse vous
servir! Ne partez point, maintenant que vous
avez exaspéré contre vous tout le pays. C'est
un miracle que vous ayez pu échapper à ces
malheureux, qui vous tenaient en leur pouvoir. Si pareilles chances se renouvelaient,
elles n'auraient point une seconde fois pour
vous une issue favorable. Les têtes sont mon-
tées; elles s'enivrent d'un premier succès, elles s'exaltent mutuellement; partir aujour-
d'hui, c'est retomber dans les mains des in-
surgés, c'est courir à une perte certaine! At-
tendez à demain.

— Différer serait montrer à ces coquins

qu'ils me font peur, ce serait les enhardir. Je
veux sortir maintenant, sortir en plein jour,
et leur faire savoir, en outre, pourquoi je pars,
répliqua le baron, qui ne pouvait oublier la
manière dont il avait été désarmé et terrassé.
Qu'on mette les chevaux à la voiture, or-
donna-t-il à son valet de chambre; je pars
dans cinq minutes.

En effet, cinq minutes après, les chevaux
couraient au galop sur la grande route.

D'abord, et tant qu'il traversa le territoire
du marquis, le grand-prévôt se félicita de la
tranquillité qu'il rencontrait. Les paysans tra-
vaillaient à leurs champs; s'ils s'entretenaient
entre eux des événements de la matinée, ils
le faisaient avec modération et par ouï-dire,
car bien peu avaient pris part à cette émeute.

Mais une fois éloigné du château à la dis-
tence d'une lieue environ, le grand-prévôt vit
tout changer d'aspect. Au milieu des champs
sans récolte erraient des femmes et des enfants couverts de haillons, et qui proféraient
contre lui des menaces et des injures. Quelque brave et quelque habitué qu'il fût au pé-

ril, il ne put se défendre d'une crainte vague, partagée d'ailleurs par son escorte, et surtout par le postillon, qui pressait de plus en plus les chevaux.

Bientôt ce ne furent plus des femmes et des enfants que l'on rencontra, mais des bandes d'hommes qui marchaient en troupes, deux à deux, l'air sombre et sans proférer un seul cri. Ils se rangèrent derrière la voiture, et malgré la vitesse qu'elle mettait à avancer, ne la perdirent jamais de vue.

A chaque instant, de nouveaux groupes paraissaient sur la route et se multipliaient comme s'ils fussent sortis de terre. On entendait, semblable au tonnerre, le bruit des pas de ce cortége terrible, qui grossissait de plus en plus, et dont on ne pouvait deviner les intentions.

Tout-à-coup un murmure plein d'agitation se manifesta parmi la foule, et l'on vit arriver une femme échevelée, demi-nue, dont les gestes bizarres et le regard égaré semblaient des indices de folie. Elle se jeta si précipitamment sous les pieds des chevaux, que le cocher eut

À peine le temps de les arrêter; elle se releva, s'élança à la portière de la voiture et se mit à crier : Du pain! du pain!

— C'est la femme de Mathieu! elle est devenue folle! c'est le prévôt qui en est cause!

Telles furent les paroles qui circulèrent parmi la foule.

— Du pain! répéta l'insensée.

Le baron lui jeta une pièce d'or.

La folle la ramassa, la fit voir à la foule et se prit à danser. Comme le postillon cherchait à dégager ses chevaux et à continuer son chemin, elle saisit les brides; malheureusement le cocher, par un coup de fouet maladroit, blessa cette femme au visage. Elle tourna son visage ensanglanté vers les paysans; ce fut comme un signal : chacun se jeta sur la voiture et la mit en pièces. On saisit le baron, on le traîna dans la poussière, on l'accabla d'insultes, et bientôt des cris de mort s'élevèrent de toutes parts.

— Il veut notre sang; que le sien coule! Il va demander des bourreaux contre nous, soyons ses bourreaux!

— Il faut le pendre, comme il voulait faire pendre Mathieu!

— Oui! oui! à la potence! à la corde!

Déjà l'on entraînait le baron; encore quelques instants, et c'en était fait de lui, quand un homme accourut, se jeta dans la foule et disputa le grand-prévôt à ces forcenés.

A sa vue, chacun s'arrêta, car cet homme était Mathieu, celui que l'on avait arraché le matin aux soldats qui le conduisaient au gibet.

— Mes amis, s'écria-t-il, au nom du ciel ne touchez pas à la vie du grand-prévôt! Sans doute il avait demandé la mienne; mais je lui ai pardonné en allant à la mort! Oh! si vous aviez entendu comme moi les paroles du digne prêtre qui m'exhortait dans ces cruels moments, vous ne vous livreriez point à des actes d'une aveugle furie! Comment voulez-vous que le roi, que Dieu nous pardonne et vienne à notre secours, si nous nous souillons de sang, si nous tendons vers eux une main criminelle! Non, ne joignons pas les remords du crime aux tourments de la misère. Que, désarmé par votre clémence, M. le grand-pré-

vôt aille dire à Sa Majesté : Ils meurent de
faim, mais ils restent fidèles aux lois, Sire,
comme à vous et à Dieu.

La foule gardait le silence.

— Allons, Pierre, allons, Nicolas, mes amis,
continua Mathieu, aidez-moi! Attelez les chevaux! Si la voiture ne peut plus servir, que
l'un de vous aille chercher une petite charrette
pour M. le baron.

Les paysans secondèrent Mathieu; peu
d'instants après, une voiture légère, à laquelle
on attela les chevaux, emmena rapidement le
baron.

Arrivé aux portes de la ville, Mathieu fit arrêter la voiture et descendit.

— Aucun péril ne menace plus votre tête,
et je vous deviens inutile; il faut que je vous
quitte ici.

— Mon ami, répliqua le baron, votre conduite a été bien honorable! Je voulais votre
vie, et vous avez sauvé la mienne! croyez à
ma reconnaissance.

— Ce n'est point à moi que vous devez de
la reconnaissance, monsieur le baron : c'est à

madame la marquise de Fénelon, c'est au di
gne seigneur son mari, qui ont si généreuse
ment pris ma défense; c'est surtout au ver
tueux abbé qui s'était dévoué pour me prépa
rer à la mort. Je savais qu'épargner un crim(
au pays était la plus grande preuve de reconnaissance que je pusse leur donner, je l'ai fait;
je leur ai prouvé que je n'étais point entière-
ment indigne de leur intérêt; j'ai rempli mes
devoirs de chrétien, Dieu soit béni! Je me
sens le cœur plus léger; je me reproche moins
amèrement ma faute maintenant; je puis sans
trop de crainte prier le bon Dieu et lui dire :
Pardonnez-nous nos offenses comme nous par-
donnons à ceux qui nous ont offensés.

— Mon ami, répondit le grand-prévôt, les
yeux pleins de larmes, je vais aller trouve(
le roi, mais pour le supplier de pacifier c(
malheureux pays par des secours et non pa(
la force.

Il tendit la main à Mathieu, qui voulut la
baiser respectueusement.

— Dans mes bras! dans mes bras! s'écria
le grand-prévôt. Ne te dois-je pas la vie! Ne

m'as-tu pas appris que la religion chrétienne fait de l'homme le plus humble un héros, un saint? Ne m'as-tu pas appris à pratiquer, pour le reste de mes jours, ce précepte le plus admirable peut-être de l'Évangile : *Pardonnez-nous nos offenses comme nous pardonnons à ceux qui nous ont offensés?*

VII

Ne nous laissez pas succomber à la tentation, mais délivrez-nous du mal.

M. de Fénelon et sa famille n'avaient été instruits de tous ces événements que d'une manière vague et fort incomplète. Ils avaient bien appris les périls auxquels le grand-prévôt s'était trouvé exposé, mais ils ignoraient quelle main l'avait arraché à la mort. Personne ne leur avait parlé ni du dévouement de Mathieu, ni du changement que sa générosité avait opéré dans le cœur du baron.

Aussi ne fut-ce pas sans éprouver une vive

contrariété que, trois semaines après, M. de
Fénelon vit arriver chez lui son parent, et
surtout quand ce dernier témoigna le désir
de rester quelques jours au château et de ne
partir que plus tard pour la maison de campagne voisine.

— Les motifs qui vous ont forcé à me proposer cet exil, allégua le baron, n'existent
plus. Vous ne devez redouter à présent ni con-
damnation ni exécution dans vos terres; peut-
être même serez-vous charmé de ce que vous
me verrez faire, et ne voudrez plus me laisser
partir.

Comme il disait cela avec un sourire singu-
lier et plein d'arrière-pensée, le marquis n'in-
sista que davantage pour obtenir ce départ.

— Votre présence, répondit-il, est pénible à
ma femme, à mon fils et à son jeune compagnon. Avec le caractère de la première et à
l'âge des autres, on n'entend pas avec indifférence des ordres sanguinaires, on ne se trouve
pas sans émotion devant l'homme qui n'écoute
point la miséricorde, et qui refuse sans pitié
la grâce d'un malheureux à peine coupable.

— Monsieur le marquis, reprit le baron, je suis désolé de toutes les contrariétés que ma présence ici vous fait éprouver. Vous comprendrez mon insistance en lisant cet ordre du roi, qui m'ordonne de m'établir à Fénelon même et de ne pas m'en départir avant d'avoir rempli ses volontés à l'égard du nommé Mathieu.

— De Mathieu! s'écria le marquis. Quoi! votre soif du sang de cet homme n'est point encore assouvie! Il vous faut ressaisir et immoler la victime qui vous a échappé par miracle!

— Mon cher parent, la volonté du roi...

— Vous avez surpris la religion de Sa Majesté, et vous venez m'alléguer sa volonté! Monsieur le baron, je ne reconnais pas dans votre conduite la générosité loyale ordinaire des gentilshommes de notre famille.

— Avant de juger un homme, il faut connaître ses intentions et voir ses actes, répondit brièvement le baron en saluant le marquis pour prendre congé de lui.

Puis il appela son brigadier et lui donna

l'ordre d'aller chercher au village voisin le paysan Mathieu et de le lui amener sur l'heure.

François et Pierre, qui se trouvaient à jouer dans le jardin lorsque le baron arriva, entendirent l'ordre qu'il donnait à son brigadier et s'en indignèrent. Pierre, avec son ardeur habituelle, se mit à ramasser des cailloux pour les lancer à la tête de M. de Salignac; heureusement l'abbé accourut assez à temps pour les en empêcher.

— Que voulez-vous faire, mes enfants? s'écria-t-il. Arrêtez! Vous allez affliger M. le marquis en violant l'hospitalité qu'il donne à un de ses parents; vous allez inspirer de votre caractère une honteuse idée; vous allez surtout manquer au précepte de l'oraison du Seigneur, qui ordonne le pardon des injures.

— Mais ce n'est pas nous à qui le baron a fait et veut faire du mal, c'est à Mathieu! Ce n'est donc pas nous, c'est le pauvre Mathieu que nous voulons venger.

— Venger! mes enfants, venger! Quoi! chères petites créatures, vous avez appris, vous savez ce mot épouvantable, inventé par l'en-

fer pour couvrir d'un manteau la colère!... La
vengeance! vous ne savez donc pas que c'est
la haine mêlée à l'hypocrisie! Elle cache ses
mauvais sentiments sous des apparences de
justice. Eh! qui vous a donné le droit, mon
Dieu! de vous interposer entre la volonté céleste et un coupable? Qui vous dit qu'il est
coupable devant Dieu comme devant vous?
Lisez-vous, ainsi que le Créateur, dans la plus
secrète pensée de cet homme? Quelle est donc
votre pureté? quelle est donc votre perfection?
Ne vous sentez-vous aucune faute dont vous
ayez à vous repentir, dont vous attendiez le
châtiment, pour vouloir ainsi hâter l'heure de
l'expiation d'un autre? Ne redoutez-vous pas
que Dieu vous frappe et cesse d'être indulgent
pour vous, vous qui voulez frapper sans miséricorde un pécheur?

— Je vous demande pardon, monsieur l'abbé; je ne ferai point la mauvaise action que
vous me défendez. Je dois l'avouer, cette idée
m'était néanmoins venue avec tant de force,
qu'il me fallait y céder, et que je ne pouvais
m'en débarrasser.

6

— Mon enfant, Jésus-Christ, dans l'admirable prière qu'il a enseignée aux hommes, a pris en considération leur faiblesse, et a prévu le besoin qu'ils ont d'être protégés par la puissance divine contre les mauvaises pensées. Voici, pour preuve, la dernière demande de l'oraison dominicale : *Ne nous laissez pas succomber à la tentation, mais délivrez-nous du mal,* c'est-à-dire de la pensée du mal.

— Pourquoi faut-il adresser à Dieu cette demande?

— Parce que tout provient de Dieu, et que sans lui, sans sa protection, sans son aide, l'homme faible, sans force, se trouve porté vers de mauvaises pensées; parce que la lutte de l'homme contre les mauvaises pensées est toujours pénible et douloureuse, et qu'il doit tâcher d'obtenir de la bonté divine qu'elles se renouvellent le moins souvent possible.

— Je comprends à présent, monsieur l'abbé. Quand je me sentirai l'envie de mal faire, quand une pensée qui ne sera pas bonne me viendra au cœur, alors je prierai Dieu de l'éloigner de moi, et je lui dirai : *Délivrez-nous du mal.*

— Et moi, interrompit François, qui avait écouté attentivement cet entretien, et moi j'aurai sans cesse présentes à ma mémoire et dans le cœur les paroles qui demandent à Dieu d'éloigner le péril et la tentation ; je lui dirai bien des fois durant la journée : *No nous laissez pas succomber à la tentation.*

Pendant ce temps, le brigadier à cheval traversait le village de Fénelon et le bourg voisin pour se rendre à la chaumière de Mathieu. Mathieu ne s'y trouvait point et travaillait dans les champs. Ce ne fut pas sans alarmes que ses amis entendirent le brigadier donner l'ordre à leur compagnon de se rendre sur-le-champ au château pour comparaître devant le grand-prévôt. Ils voulurent quitter leurs travaux pour le suivre, veiller sur lui et le protéger en cas de péril.

— Rassurez-vous, mes amis, leur dit-il ; aucun danger ne me menace. Ne quittez point vos travaux, ne perdez pas un temps précieux, et surtout ne troublez point la tranquillité du pays. Vous êtes à même d'ensemencer vos terres et de préparer vos récoltes.

grâce à la générosité d'un inconnu qui m'a fait jurer de ne pas vous apprendre son nom; vous ne manquez pas de pain pour aujourd'hui, et Dieu, qui veille sur les petits oiseaux, comme dit M. l'abbé, le précepteur du château de Fénelon, ne saurait vous abandonner non plus. Travaillez donc et laissez-moi suivre ce brigadier. Seulement, Eustache, et vous, Madeleine, veillez sur ma pauvre femme, dont la tête n'est pas encore bien remise des secousses qui l'ont si fort ébranlée! Vous, Jacques, chargez-vous de reporter mes outils, que je laisse à votre garde.

Après avoir pris ces précautions, il monta en croupe du cavalier, et tous les deux prirent la route du château.

A peine furent-ils éloignés de cent pas environ, que le brigadier, ignorant les intentions du grand-prévôt à l'égard de Mathieu, et habitué à se voir employé d'ordinaire à des missions sévères qui exigeaient des mesures et des précautions pleines de rigueur, dit à Mathieu :

— Mon garçon, j'en suis désolé, il faut que

je vous garrotte les mains pour vous conduire au château, devant le grand-prévôt, sans que vous puissiez vous enfuir.

— Mais vous voyez que je ne cherche point à fuir, répondit Mathieu, qui devint pâle à ces paroles inattendues. Si je l'avais voulu, tout-à-l'heure je n'avais qu'un mot à dire : on vous aurait mis en pièces, vous et votre cheval.

— On ne met point en pièces comme cela un brigadier de la maréchaussée, répliqua le gendarme, irrité de cette menace, et ne se rappelant que trop amèrement la manière dont les paysans l'avaient traité trois semaines auparavant.

— Alors, s'il faut que j'aille garrotté au château, je n'irai pas du tout, dit Mathieu en sautant à bas du cheval.

Le brigadier saisit un de ses pistolets et jura qu'il allait tirer sur Mathieu, si celui-ci ne se laissait pas faire. Il fallut donc que le pauvre paysan obéît

Alors il se repentit de sa confiance dans le grand-prévôt, et commença à concevoir des craintes sérieuses et à redouter d'être tombé

dans un piége tendu à sa bonne foi. Aussi ré-
solut-il de prévenir, autant que possible, les
périls qui le menaçaient, et d'appeler à son aide
les paysans qu'il rencontrerait. Le brigadier,
toujours son pistolet à la main, menaça de lui
brûler la cervelle s'il faisait le moindre mouvement, s'il poussait le moindre cri.

Vous pouvez juger de la terreur du pauvre
Mathieu, qui, bon gré mal gré, dut arriver au
château sans avoir ouvert la bouche. A la vue
de cet homme garrotté, pâle et si durement
traité par le brigadier, chacun s'émut et s'at-
tendit à quelque scène funeste. Quelle fut la
surprise générale quand on vit accourir le
grand-prévôt, qui coupa, non sans colère contre le brigadier, les cordes qui nouaient les
mains de Mathieu, et embrassa tendrement
l'homme amené comme un coupable!

—Pardonnez-moi, mon ami, les inquiétudes
qu'a dû vous causer la méprise de ce grossier
soldat. J'espère, du reste, vous apporter des
nouvelles assez bonnes pour vous faire oublier
un pareil désagrément.

Vous devez être rassuré sur mes intentions,

monsieur le marquis, continua-t-il en se tournant vers son parent, stupéfait. Je vois que
maintenant vous n'hésiterez plus à me conduire près de madame la marquise, dont je
voudrais obtenir les conseils d'une affaire de
grande importance.

M. de Fénelon s'empressa d'accéder au désir de son parent, et le mena sur-le-champ
dans le salon où se trouvaient la marquise,
l'abbé et ses deux enfants. Le baron s'amusa
beaucoup de l'accueil furibond que lui faisait
le petit Pierre, tandis que madame de Fénelon, mise au fait de ce qui s'était passé entre
Mathieu et M. de Salignac, apprenait tout de
son mari et du précepteur.

— Ah! ah! monsieur Pierre, disait le grand-
prévôt, vous vouliez donc me jeter des pierres?
Sans M. l'abbé, je courais de grands périls,
vraiment. Vous n'avez donc point peur de mes
gendarmes et de leurs grands sabres?

— Les gendarmes et les grands sabres ne
me font point peur, répliqua bravement Pierre; ce sont les méchants hommes que je
n'aime point!

— Donc, vous ne voulez pas m'embrasser,
ni vous non plus, mon excellent François?

Les deux enfants reculèrent.

— Nous verrons si vous persistez dans votre
aversion pour moi, mes amis. — Brigadier,
introduisez le paysan Mathieu.

Mathieu entra et salua la marquise et l'abbé
avec un profond respect.

— Or çà, Mathieu, êtes-vous content de votre seigneur?

— Dame, monsieur le baron, nous ne le
connaissons point. Il passe sa vie à la cour, et
n'est pas venu dans ses terres depuis la mort
de feu son père, il y a douze ans de cela.

— Et vous souffrez de son absence?

— A vrai dire, oui, monsieur le baron,
parce que son intendant fait aller les choses
comme il veut, pressure le pauvre monde, est
sans pitié pour le moindre retard de paiement,
et ne prend en considération ni les mauvaises
récoltes, ni les maladies, ni quoi que ce soit.
Il lui faut son argent au jour et à l'heure.
Après tout, il ne fait que son devoir; il obéit
aux ordres qu'il reçoit. Quand le seigneur se

trouve là, tout va bien différemment : il est le maître, lui ; il peut accorder du temps, il peut remettre une partie du rendage et venir au secours de ceux qui en ont besoin. Regardez comme tout marche ici, monsieur le baron ; personne ne souffre, personne ne se plaint. Jamais de misère, jamais de trouble ! Je suis bien sûr, au bout du compte, que monseigneur de Fénelon n'y perd pas un écu de six livres, car chacun l'aime, le bénit et le révère. Qui voudrait donc se rendre assez méprisable pour ne pas se conduire honorablement à son égard et lui rendre ce qui lui est dû ?

— Ainsi, tout le village, et toi tout le premier, vous seriez charmés d'avoir un seigneur qui prît modèle sur M. le marquis de Fénelon, et qui se conduisît à votre égard comme mon parent se conduit envers ses vassaux ?

— Le jour où nous verrions cela, monsieur le baron, serait une fête générale, où chacun oublierait ses chagrins et bénirait Dieu plus haut que jamais, car ce serait le paradis sur la terre pour nous tous !

— Alors, mon cousin, il faudra donc que je

prenne modèle sur vous et que vous me don-
niez vos conseils, car je suis le seigneur de
la terre où demeure Mathieu.

— Vous, monsieur le baron?

— Vous, mon cousin?

— Comment cela se fait-il?

— Par quel événement inattendu?

— Rien de plus simple, mes amis : le jeune
comte de*** est trop occupé à la cour de ses
places et de ses affaires pour tenir beaucoup
au domaine de ses ancêtres. Il avait besoin
d'argent; je lui ai proposé de devenir acqué-
reur de ses terres dans ce pays. Il a sur-le-
champ accepté ma proposition, et j'arrive pour
prendre possession.

— Quel bonheur!... si vous ressemblez à
M. le marquis, s'écria Mathieu.

— Certes, je lui ressemblerai, mon ami. J'ai
reçu dans ces lieux une leçon sévère, mais qui
m'a déjà profité et qui me profitera longtemps,
je vous le jure. Oui, mes amis, mes yeux, fer-
més longtemps à la lumière de la religion, se
sont ouverts ici, grâce à la conduite sublime
inspirée à Mathieu par le catholicisme. Quel

cœur serait resté insensible à tant de générosité? Du moment où j'ai dû la vie à celui que je voulais faire périr, à celui pour lequel j'avais été sans miséricorde, je résolus de consacrer ma vie entière au bonheur de cet homme et au pays que j'avais troublé par ma sévérité imprudente. Aussi ne suis-je plus grand-prévôt. Sa Majesté a daigné recevoir la démission que j'ai sollicitée d'elle.

— Sire, lui ai-je dit, reprenez ce titre de grand-prévôt dont vous m'avez honoré. Je n'en ai plus besoin pour rendre la tranquillité au pays que vous voulez pacifier. Au lieu d'employer la terreur, l'expérience m'a appris qu'il suffisait de faire un peu de bien et d'user des voies de la persuasion et de la douceur. Une seule châtellenie n'a point pris part aux émeutes générales, c'est celle de Fénelon, parce que mon parent le marquis vit dans ses terres et consacre son existence au bonheur de ses paysans. Je vais tâcher de marcher sur ses traces et de l'imiter. Je viens d'acquérir les terres voisines des siennes.

— Vous faites sagement, m'a répondu Sa

Majesté, et quelque plaisir que j'aie à me voir entouré de ma noblesse, je sais pour le moins autant de gré à ceux qui, de même que vous et votre digne parent, consacrent leur vie au bonheur de mon peuple.

Il m'a donné sa main royale à baiser, et je suis parti pour arriver ici et pour ne plus m'en départir.

Voici maintenant quels sont mes projets : je vais faire comme vous, monsieur le marquis, c'est-à-dire que j'espère, dans deux mois, avoir réparé tous les ravages de l'inondation. Les fermes et les chaumières seront reconstruites, les récoltes assurées et, je l'espère, par la miséricorde divine, menées à bonne fin. A côté du château, si j'ai bonne mémoire, s'élève une petite ferme entourée d'une vingtaine de bons arpents de terre, les plus fertiles du pays, et qui se trouvent précisément sans fermier à l'heure qu'il est, l'ancien ayant quitté le pays. C'est là que je compte installer un de mes amis et lui faire remise des vingt premières années de son bail, afin qu'il ait le temps d'amasser un peu d'argent pour l'éducation de ses enfants et pour la guérison complète de sa femme. Qu'en penses-tu, Mathieu?

— Moi! Monseigneur, s'écria le paysan, qui riait et pleurait de suprise et de reconnaissance; mais c'est un rêve que je fais! Tant de bonheur ne peut m'être réservé! Un pauvre journalier comme moi ne saurait devenir de la sorte un riche fermier. Vous voulez donc me faire mourir de bonheur, monsieur le baron? Quelle sera la joie de ma femme, de mes enfants, de ma pauvre mère, quand ils apprendront cela, Monseigneur!... Oh! Monseigneur!...

Il tomba les deux genoux en terre, leva les mains au ciel et tâcha de trouver des paroles qui lui manquaient pour remercier Dieu et bénir le baron.

Quant aux témoins de cette scène attendrissante, ils ne pouvaient retenir leurs larmes. Le marquis et l'abbé n'étaient pas les moins attendris.

Mais c'étaient surtout François et le petit Pierre qu'il fallait voir. Sur les joues roses du premier tombaient une à une des larmes dou-

ces et brillantes. Au contraire, le visage de
son petit compagnon était coloré du rouge le
plus vif, son œil étincelait, ses lèvres se re-
muaient machinalement, et, n'y pouvant plus
tenir, il s'avança près du baron.

— Eh bien! Pierre, lui demanda ce dernier,
veux-tu encore me jeter des cailloux et me
tuer?

— Ah! monsieur le baron, répliqua l'enfant,
je veux vous embrasser, je veux vous presser,
sur mon cœur, car je vous aime!... je vous
aime comme vous le méritez. Combien je vous
remercie, monsieur l'abbé, de m'avoir arrêté
quand je méditais de vilains projets! Combien
je trouve admirables les préceptes de l'oraison
dominicale, qui disent d'adresser à Dieu ces
paroles : *Ne nous laissez pas succomber à la
tentation, mais délivrez-nous du mal!* Si je ne
l'avais pas écouté, où en serais-je maintenant?
Il faudrait me cacher à tous les regards, et je
ne saurais comment me dérober à ma honte.

Le baron embrassa tendrement le petit garçon. Il fut ensuite résolu que Mathieu irait annoncer au village les bonnes nouvelles qu'il

savait, et qu'enfin le lendemain aurait lieu la prise de possession du nouveau seigneur.

En effet, cette cérémonie se fit le lendemain. On la célébra avec une joie d'autant plus générale, que chacun avait appris les intentions généreuses du baron, et savait que bientôt on verrait les chaumières se relever et les champs s'ensemencer. Des distributions de vivres, faites avec sagesse et discernement, permirent même aux plus pauvres de se donner un bon dîner ce jour-là; enfin, l'abbé, précepteur des enfants du marquis, célébra, conjointement avec le curé de la paroisse, une messe solennelle.

Mathieu n'était pas le personnage le moins important de la fête. On l'admit dans le chœur avec toute sa famille, parée de ses plus beaux habits. Sa femme se trouva si bien de la secousse survenue dans sa nouvelle position de fortune, qu'elle en recouvra tout-à-fait la raison.

Disons que les intentions généreuses du baron se réalisèrent avec autant de bonheur qu'il apporta de zèle à les mettre à exécution. Bien-

tôt on cita la prospérité de ses domaines
comme on citait la prospérité des domaines
de Fénelon.

Le baron faisait chaque jour une visite à
son parent, et ne manquait pas de converser
avec ses petits amis François et Pierre, qu'il
amusait beaucoup par des récits de batailles.
Le baron était un vieux militaire, élevé dans
les camps, et qui avait fait briller sa bravoure
dans plus d'une occasion, comme l'attestaient
d'honorables et larges blessures.

Dieu appelle souvent à lui des âmes fortes
et dures, qu'il adoucit et qu'il rend brillantes
de vertus, comme la fournaise adoucit et rend
brillant l'acier. On ne pouvait se défendre
d'un sentiment profond de piété et d'émotion
en voyant le vieux guerrier, éprouvé par Dieu
dans les batailles, s'agenouiller devant l'autel
du Christ mort sur la croix, incliner, pour
prier, sa tête blanchie par la fatigue et par
l'âge, et joindre ses mains, tremblantes aujourd'hui, et jadis si terribles quand elles ma-
niaient l'épée. Ainsi, dans les premiers temps
du christianisme, saint Paul, l'intrépide cen-

turion, échangea le glaive contre l'Évangile, et ne fit plus sortir que des paroles de paix et de bénédiction de cette bouche qui jadis commandait la guerre et le carnage.

A quelque temps de là, l'abbé, chargé de l'éducation des deux enfants, vint trouver dans son cabinet le marquis de Fénelon et réclama de lui un entretien particulier de quelques instants.

— Monseigneur, lui dit-il, j'ai besoin de vos conseils pour continuer à remplir les devoirs que vous avez bien voulu me confier. Avant de réclamer ces conseils, permettez-moi de vous résumer en quelques mots ce que j'ai fait pour l'instruction de votre fils et du jeune Pierre; permettez-moi de vous rappeler à quel point je les ai amenés.

Mon premier soin a été de leur apprendre à aimer Dieu et à tout faire pour l'amour de lui; ensuite je leur ai appris à bénir le nom de ce père divin et miséricordieux des hommes. Après cela, je leur ai enseigné à désirer son royaume et sa gloire, afin de pouvoir adorer dans l'éternité celui vers lequel ils s'efforcent

de marcher sur la terre. La soumission aux
volontés célestes découlait nécessairement de
cet amour de Dieu et de ce désir d'être à lui.
Mes enseignements seraient restés incomplets
si je n'y eusse joint une confiance absolue
dans les bienfaits de la Providence; je leur ai
donné ensuite la première leçon de charité et
d'amour du prochain, et le pardon des injures.
J'ai tâché de leur inculquer profondément dans
le cœur le sentiment de leur propre faiblesse,
en leur apprenant que toute force et toute sagesse viennent de Dieu, et qu'enfin, sans sa
protection divine, l'homme reste faible et exposé aux tentations du péché.

Vous voyez qu'en cela, Monseigneur, je
n'ai fait que suivre les enseignements de la
plus sublime leçon que le Sauveur des hommes ait donnée à ses disciples. Vous voyez que
j'ai suivi pas à pas l'oraison dominicale. Maintenant, Monseigneur, quelle voie faut-il prendre? quelle marche dois-je adopter? Ces enfants aiment Dieu, ils sont attendris par ses
immenses bienfaits, ils savent faire du bien;
ne faut-il pas leur apprendre à connaître ce

Dieu pour lequel ils agissent et ils pensent, ce Dieu qu'ils adorent et qu'ils chérissent?

— Oui, monsieur l'abbé, répliqua le marquis, je partage tout-à-fait votre avis. Le temps est venu d'initier vos élèves aux mystères redoutables de notre sainte religion; seulement il faut le faire avec précaution, graduellement, sans rien précipiter. Je vous engage, du reste, à vous en tenir à la formule, sublime dans sa simplicité, du *Credo*, qui résume si bien tout ce qu'un chrétien doit croire et vénérer. Songez que vous avez affaire à de jeunes intelligences pleines d'intérêt; ces imaginations-là ont besoin de ne recevoir que peu à peu une instruction aussi importante que celle-là.

L'abbé comprit à merveille les intentions du marquis et se mit à l'œuvre sur-le-champ. Il mena ses élèves dans la campagne et les conduisit jusqu'à l'église du village. Là, avec un ton plus grave et plus solennel qu'il n'en mettait d'habitude dans leurs entretiens, il les fit asseoir sur les marches de l'autel et leur dit :

— Mes enfants, vous devez désirer connaître le Dieu que vous aimez et que vous ado-
rez : le temps est venu pour vous de recevoir
cette instruction; mettez-vous à genoux : priez
le Seigneur de répandre ses lumières sur vos
âmes et d'y faire pénétrer la foi et l'intelligence des mots que je vais vous révéler.

Les enfants obéirent et prièrent avec ferveur. Alors le jeune prêtre leur récita le *Credo*
et leur expliqua tous ces mystères sublimes
de la religion chrétienne qui disent Dieu le
père tout-puissant, créateur du ciel et de la
terre, et Jésus-Christ, son fils unique, notre
Seigneur, Jésus-Christ qui a été conçu du
Saint-Esprit; — mystères d'amour et de rédemption, qui disent Jésus-Christ né de la
vierge Marie, souffrant sous Ponce-Pilate,
crucifié, mort, enseveli, descendu aux enfers,
ressuscité d'entre les morts le troisième jour,
monté au ciel, où il est assis à la droite de
Dieu le père tout-puissant, d'où il viendra juger les vivants et les morts.

Le jugement dernier, la récompense des
bons et la punition des méchants trouvèrent

leur enseignement et leur explication dans le
reste de la profession de foi catholique, ainsi
que l'unité et les forces inébranlables de l'É-
glise et l'éternité de la vie qui suit la mort
terrestre, cette séparation momentanée de
l'âme et du corps.

Une idée frappa surtout les enfants et les
glaça d'une sorte de terreur : ce fut l'idée de
la mort que plaça naturellement sous leurs
yeux l'abbé en leur parlant de la vie éternelle.

— Quoi! disait le jeune François, quoi!
personne ne peut échapper à cette loi com-
mune? personne, monsieur l'abbé? Un jour
viendra, peut-être demain, peut-être aujour-
d'hui, où nos yeux se fermeront pour ne plus
s'ouvrir, où nos membres se raidiront pour
ne plus s'agiter ni se mouvoir, comme j'ai vu
faire à un petit oiseau tué par le garde-chasse?
Oh! que cette pensée est terrible et qu'elle
me fait peur!

— Vous auriez raison, en effet, mon enfant,
si vous n'étiez pas chrétien, si vous partagiez
les erreurs de ces malheureux qui restent
plongés dans une triste ignorance ou dans

une impie incrédulité. Mais pour l'homme religieux, pour l'homme juste, la mort n'a rien
de redoutable, puisqu'au contraire elle amène
le moment où l'âme, dégagée de tous ses liens
mortels, s'envole libre et sainte aux pieds de
Dieu, où elle s'abîmera dans la gloire céleste
pendant l'éternité.

— Oh! n'importe, cette pensée m'épouvante.

— Il faut y penser gravement, mais sans
épouvante, mon enfant; il faut y penser pour
que le trépas ne nous saisisse point sans que
nous soyons préparés à paraître devant Dieu,
devant Dieu si plein de miséricorde, devant
Dieu dont le fils unique est mort sur la croix,
afin de nous rendre douce et paisible l'heure
de la mort!

Cependant cette pensée, qui ne s'était jamais offerte à leur esprit, ne continua pas
moins à jeter un reflet sombre sur les enfants,
d'ailleurs préoccupés par tous les mystères
du *Credo* dont les avait entretenus leur précepteur. Ils quittèrent donc l'église à pas
lents, sans courir comme de coutume, sans
parler, sans rire, lorsque tout-à-coup un do-

mestique vint au-devant d'eux, pâle, agité, et parla bas au jeune abbé, qui ne put s'empêcher de laisser couler une larme; ensuite il s'avança vers le petit Pierre, le prit par la main et lui dit :

— Mon enfant, l'heure est venue de vous armer de courage, l'heure est venue de mettre en pratique la prière que je vous ai enseignée et que vous répétez matin et soir, à genoux devant Dieu : *Que votre volonté soit faite sur la terre comme dans les cieux.*

L'enfant regarda le prêtre avec une angoisse pleine de funestes pressentiments.

— Votre mère est malade, ajouta l'abbé, dont la voix s'émut davantage.

— Ma mère! ma pauvre mère! et je ne suis pas là! Oh! je vais vers elle, je veux rester près d'elle, je ne veux pas la quitter d'un moment jusqu'à sa guérison!

Et il se prit à courir avec une telle rapidité, que François et l'abbé n'arrivèrent à la ferme que longtemps après lui.

Quand ils entrèrent, ils virent la paysanne au lit. Pierre, à genoux près d'elle, priait et

sanglotait. Le curé de la paroisse, qui venait
d'administrer le sacrement de l'extrême-onc-
tion à l'agonisante, car l'état de la pauvre
femme ne laissait aucune espérance de guérison, s'efforçait de calmer l'agitation de Pierre;
l'enfant ne cessa ses larmes et ses plaintes
qu'en voyant sa mère essayer de se soulever
sur son lit, et tendre vers son fils une main
défaillante pour lui donner à entendre qu'elle
allait parler.

— Pierre, dit-elle de sa voix faible et que
l'on entendait à peine, Pierre, je vais aller rejoindre ton père auprès du bon Dieu! M. le
curé me dit d'espérer que le paradis me sera
ouvert, que notre Seigneur me tiendra plus
compte de mes bonnes intentions et de ma
faiblesse que des péchés que j'ai pu commettre. Je quitterais donc la vie avec joie, mon
enfant, si je ne te laissais là, sur la terre, s'il
ne me fallait pas te quitter!

La voix lui manqua tout-à-fait, et une larme
tomba de ses yeux sur ses joues brûlantes;
puis, s'armant de tout son courage :

— Pardon, monsieur le curé, dit-elle; ce

sera la dernière fois que la force me man-
quera, mais, voyez-vous, quelque résignée
qu'elle soit aux volontés de Dieu, une mère
ne peut sans désespoir songer qu'elle va se
séparer de son enfant... Écoute bien, Pierre
je vais mourir.

Pierre jeta des cris perçants.

— Calme-toi et fais silence si tu veux m'é
couter jusqu'au bout, mon enfant, car les ins
tants me sont comptés. Je vais mourir, et la
Providence nous sépare; mais elle nous réu-
nira un jour, si tu le veux; pour cela, mon
nfant, il te faut vivre en chrétien. Songe à
la joie que nous éprouverons, ton père et moi,
lorsque nous te verrons venir avec nous dans
le ciel. Suis tous les conseils de Monseigneur,
qui s'est montré un père véritable pour toi.
Suis les conseils de M. l'abbé, montre-toi
obéissant, soumis, bon chrétien... Pense souvent à ta mère... prie pour elle... prie pour...

La voix lui manqua; sa tête retomba sur
son oreiller, ses mains se raidirent, et chacun
se mit à genoux autour du lit funèbre.

Pierre perdit connaissance; il fallut bien du

temps pour le rappeler à la vie. Quand, revenu à lui, on voulut l'éloigner du lit funèbre, il montra une force et une volonté d'homme; ce n'était plus en enfant qu'il s'exprimait et qu'il agissait.

— Non, dit-il, je ne quitterai pas ma mère jusqu'à l'heure où l'on viendra me l'arracher pour la déposer dans la terre. Monsieur l'abbé, vous n'exigerez pas de moi que je m'en aille, n'est-ce pas? Vous le verrez, je serai fort et raisonnable.

— Mon enfant, puisque vous le voulez, j'y consens; mais je ne vous quitterai pas. Je partagerai avec vous votre pieuse veillée; je vais reconduire votre jeune ami au château.

— Je voudrais bien ne pas vous quitter non plus, monsieur l'abbé, et passer la nuit avec Pierre à prier et à pleurer.

— Votre santé se trouverait mal de cela, mon enfant, et votre santé est trop précieuse à vos parents pour que vous les affligiez en l'altérant.

— Je me chargerai de reconduire votre

élève, si vous le voulez, monsieur l'abbé, demanda le curé.

— Bien volontiers, Monsieur.

François obéit en soupirant; mais avant de se séparer de Pierre, il alla l'embrasser tendrement.

— Mon frère, lui dit-il, car désormais ce nom devient plus vrai et plus nécessaire entre nous deux; mon frère, je tâcherai par ma tendresse de rendre moins douloureuse la perte de l'amour de ta mère. Nous parlerons sans cesse d'elle; nous prierons tous les jours pour elle le bon Dieu, et nous irons souvent visiter sa tombe, où nous planterons nos plus belles fleurs!

Pierre se jeta dans les bras de François, et ils se tinrent longtemps embrassés ainsi, pleurant et s'embrassant.

Vous savez que François Salignac de Fénelon devint plus tard une des lumières de l'é-
piscopat français, et qu'après avoir élevé les
enfants de France, il fut nommé archevêque
de Cambrai.

Pierre ne se sépara jamais de son ami.

Comme deux tendres frères, ils s'aidèrent
mutuellement à supporter les épreuves de la
vie. Pierre ne voulut jamais, pour une position plus brillante, échanger le sort qu'il trouvait près de Fénelon.

Fénelon associa toujours Pierre à sa fortune; il ne lui cachait pas une seule de ses
pensées, et il l'aimait comme on aime un
frère.

Fénelon rendit son âme à Dieu le 7 jan-
vier 1715.

Le 14 février de la même année, on enterra
Pierre dans les caveaux de l'église métropoli-
taine de Cambrai.

FIN.

Limoges. — Imp. EUGÈNE ARDANT et Cie.

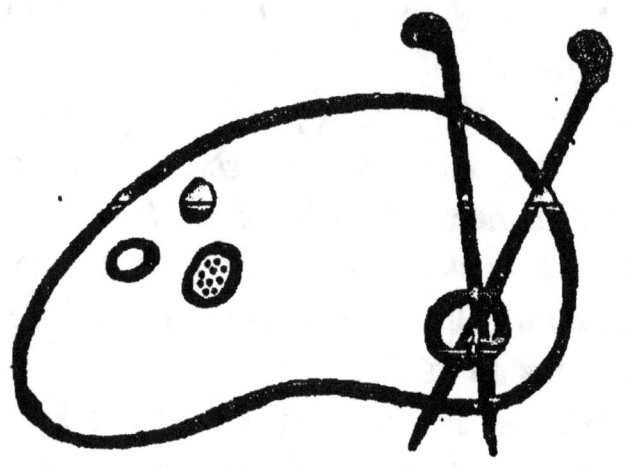